No meio do livro

LARANJA ● ORIGINAL

No meio do livro

Teresa Tavares de Miranda

1ª reimpressão, 2024 · São Paulo

Para Jayme, meu grande amor
Para Hercília e Ana

Deslizo a flanela em movimentos circulares pela superfície abaulada dos meus óculos de grau. No olho direito, imagens turvas se sobrepõem sem perspectiva. No esquerdo, embora haja uma boa captura de luz, a ausência de nitidez compromete a integridade da função. Enxergo muito pouco.

Um sono curto e remexido me acorda fatigado, o corpo indisposto sem tempo de condescendências. Uma vez de pé, vou até a janela que fica na parte da frente do sobrado onde moro. De lá, exerço minha atividade de vida, aprimorando a cada dia a habilidade de espreitar.

Quem olha pelo lado de fora tem a visão de uma janela vazia com as venezianas abertas e as cortinas devassadas. No entanto, eu, por uma fresta de pano, espreito as vidas dos outros entranhadas entre os muros adornados da vizinhança.

Meu corpo gordo apoia sua flacidez com dificuldade em uma velha banqueta encostada no parapeito, uma espécie de trincheira. Ao lado, uma mesa atulhada de revistas antigas acentua a solidão mofada do resto da sala. Abandonei princípios, modelando em forja fria um caráter mesquinho sem limites nem respeito na invasão da privacidade alheia. A metade de uma cegueira foi apenas um pretexto para cumprir esse talento que torna pleno meu sentido de vida. Sou um que não acredita. Nunca tive fé em mim, muito menos nos outros. Único em minha especialidade, aplico uma ordem visual na leitura do mundo, seguro da impossibilidade de uma mudança. Já senti vontade de morrer, mas jamais de me matar. Para mim, viver encerra a prática de um assassinato, uma espécie de estrangulamento dos dias até o último espasmo de resistência. Uma negociação forçada com o que há de pior em mim; eu, que nada tenho de nobre.

Vasculho os interiores das casas e dos vizinhos sem, no entanto, ter a presença concreta do olhar. Monto e desmonto os afetos transpirados através de uma sonoridade espalhada. Distribuo meus hábitos com o cuidado sagrado de uma eucaristia.

Vou até a cozinha, esquento um pouco de sopa. Sorvendo ruidosamente o caldo grosso fumegante, volto para a janela. O portão da casa em frente se abre, e o vizinho, um homem baixo de meia idade, dá a partida num carro de segunda mão com o para-lama direito amassado. Observo sua rotina irregular de gestos atrasados que não dão conta da execução de um horário combinado. Depois, corro os olhos ao redor e verifico se alguma movimentação ocorreu enquanto eu controlava as ações daquele homem. Raspo o fundo do prato com a colher e, em seguida, os restos da borda com o dedo.

À uma da tarde, saio e deixo a casa hermeticamente fechada. Caminho sem nenhum tipo de pressa até o ponto de ônibus que, nessa hora do dia, permanece deserto. Um sol desgovernado pela perda das estações escalda o cimento esburacado da esquina. Paro e aguardo. O movimento calmo da avenida traduz o horário reservado ao descanso.

Enquanto espero, sou de novo menino, e a manhã gelada de junho me acolhe na campainha da bicicleta a caminho da escola. Livros e cadernos amarrados no bagageiro guardavam o sucesso do que eu quisesse, sem limite de domínios; bastava pedalar. Não sinto frio nem calor. Já tem tempo que me sustento entorpecido.

O ônibus para, eu entro, pago a passagem e sento no corredor ao lado de uma mulher. Não sei o seu rosto, vejo apenas seu cabelo na altura do ombro e suas mãos escarnadas segurando uma bolsa barata que imita verniz. Sigo a rota do envelhecimento constatado em vida pelas manchas no dorso das mãos, na desunião de pele e músculo, nas ranhuras das unhas. Permaneço fixado na imagem, alheio ao resto das pessoas sentadas nos outros bancos. Um detalhe apenas me parece pleno por desvendar o propósito verdadeiro de alguém, o reflexo de sua vivência.

Essa mulher que distrai seu olhar pela rapidez do trajeto segura em sua atitude a tranquilidade de quem se deixa observar sem os trejeitos comuns a um corpo que se desconfia. Não costumo olhar diretamente para quem observo, olho de atravessado, com a suspeita de um ladrão que arrisca um salto, certo do valor da descoberta.

De um jeito sempre tortuoso, apreendo a totalidade do conjunto, para só depois me deter num detalhe específico. E é aí, a partir desse pequeno ponto, que se entrelaçam os elementos necessários para que a sintaxe das estórias aconteça.

Um perfume de lavanda alcoolizado, desprendido de uma imagem ainda quente em seus desejos, infiltra-se no ar trazido pela abertura da janela. Num segundo, a proximidade aleatória dos corpos juntos que em segredo talvez guardem a distância de jamais se notarem.

Sempre vivi só. Organizando objetos em prateleiras e gavetas, escondendo manias fundamentadas na fragilidade constante em dividir. Não, compartilhar misérias cotidianas sempre esteve fora de questão.

A coragem como prece para expor o constrangimento do rosto que se evita faminto. Localizo no som de minha respiração toda a descrença, na intenção de admitir a indulgência própria aos que se bem estimam no espírito. Respiro os outros e por entre eles sua vontade de vida.

Os solavancos do ônibus conferem uma vizinhança, um vínculo dos braços que se tocam surpreendidos no desequilíbrio. Sem resistência alguma, tombo o corpo farto e estreito a dimensão do seu espaço num grau a mais de intimidade. Fecho os olhos e me deixo alargar por sua aquiescência. A imaginação sem brilho, desabituada dentro do tempo, na opacidade de uma espera. Vestígios de um frescor, encoberto pelo pó dos ideais postos em descuido, subsistem ao tom rígido de um escrúpulo beato. Na casa de outros tempos, o balanço dos sentimentos escondidos pelos tacos encerados esparramava o apetite sobre as rendas castas das toalhas engomadas. E eu, eu me fartava em sensações lascivas sem retrair o gesto, com a liberdade de estender as mãos e, na concavidade de um desenho, proteger a essência. Estremeço com a propriedade dos que retornam dos devaneios e sinto o deslocamento suave de seu corpo para a ponta do banco.

Ela ajeita o cabelo, pede licença sem me dirigir o olhar e vai em direção à descida do próximo ponto. Antes que o ônibus pare, eu me levanto e, decidido, caminho até a saída pronto para continuar minhas considerações.

Circulo pela calçada apinhada de gente com o temor de não conseguir acompanhar o passo ágil que ziguezagueia entre o meio fio e as portas abertas do comércio central. Não tenho destino certo, apenas sigo aquela mulher com uma obstinação pálida a fim de lhe roubar qualquer sinal que possa desvelar de alguma forma um pedaço de sua história. Ela, num mínimo de presságio, diminui a marcha, girando lentamente a cabeça para trás. Apresso o andar, mesmo sem saber se aquele esboço de incentivo faria parte de uma pequena vitória do meu delírio. De que superfície veio esse hábito, quando se instalou como sangue que é tecido, feito cheiro que é matéria? Foi assim de repente ou buscou a envergadura do pouco movimento?

Sou um resultado impreciso de práticas exatas. Sujeito passivo de uma paixão cotidiana: observar as vestes que cobrem as pessoas de seus desencantos. Ninguém é mais vivo do que aquele que se arrisca morto. Livre, na imortalidade, longe dos estertores que assombreiam a trivialidade do prazer. Eu me reconheço como imagem em fotogramas distintos de ordem imperativa. Mas já não sou mais eu. Existe a ruptura dentro do tempo, que emudece os quintais e esvazia os risos à beira do fogo na espera do alimento.

Penso sempre a mesma coisa, reinscrevo o jogo frenético para alcançar o mistério que enrola e desenrola os braços inertes, numa ausência de diretriz e entre uma passada e outra fica o silêncio, não pensado, eixo de todo o meu cansaço.

Ela continua andando até subir os degraus gastos de uma loja de artigos religiosos e livros usados. Uma mistura bizarra de tratar, com os olhos baixos, as crenças em declínio. Do lado oposto da rua, o balcão metálico de um botequim serve de escora para saber a dúvida essencial que germina os impulsos guardados como coisa preciosa, escondida em fundo falso no canto do quarto.

Encostado no balcão do bar, resolvo, com o pretexto de um café, assistir do lado de fora à cena toda de seu movimento dentro da loja, as estantes percorridas, os pedidos feitos ao vendedor, se fosse o caso de um interesse em particular. Espremo os olhos e com muito esforço reparo a arrumação da vitrine num arranjo ecumênico de credos distintos que se unem no único intuito de fortalecer o caixa no final do expediente. Por entre a babel das bíblias de encadernação popular, os terços de contas coloridas e alguns volumes desfalcados com cores diferentes que parecem ser uma enciclopédia, encontro seu olhar instigado pela claridade do dia procurando a porta em direção à rua, numa cisma ensaiada, displicente. Pago o café deixando o troco amassado embaixo da xícara e atravesso a rua estreita com os olhos rentes a tudo aquilo que me move numa engrenagem de oleosidade escura. Alguns passos me levam ao interior da loja, que exala mirra, numa névoa de incenso conveniente à exaltação.

Várias estantes de ferro enfileiradas formam um labirinto cretense, melancólico, vazio de expectativas. Um homem louro vem andando lá do fundo, levemente embriagado.

— O senhor queria...

— Nada em especial... só uma olhada... — digo, me dirigindo para o vácuo do corredor. O lugar é ermo e nenhum sinal traz a presença dela.

Deslizo o olhar ao longo dos livros mal conservados, na desorganização de ideias, com o dorso descolado expondo as linhas que costuram os escritos. Contorno o canto abaulado do móvel, retirando o primeiro tomo de uma coleção de nome puído encadernado em couro verde.

Por detrás da surpresa e do espanto, nós nos olhamos com a troca de saberes que encharcam de conforto as almas postas em receio.

E ali eu bebo a taça de vinho envenenado recolhido na dança sagrada de uma colheita profana.

No instante seguinte, ela deita a mão pesada desequilibrando os livros numa alta torre de castelo que torna isolado o alcance das imagens.

Depois apanha um livro no final do corredor, colocando-o em seguida no mesmo lugar. Segue até o balcão, e eu ainda posso ver por entre os vãos das estantes quando ela pega uma imagem de Nossa Senhora no mostruário e acerta o pagamento com o vendedor antes de deixar a loja em direção à rua.

A única forma de restabelecer o fôlego áspero, vulnerável de pernas e pés, é parar em frente ao livro que, destacado dos outros, tem uma lombada larga. Abro no meio, onde uma folha de caderno rasgada em tira está dobrada na marcação da página. Num traço maduro de letra, um endereço escrito ocupa o centro da linha. Rua Pontal, 48.

Ainda trêmulo, guardo depressa o endereço no bolso da calça. Depois vou embora da loja, atormentado demais para escutar em que grau de excelência eu havia resvalado de maneira inexplicável, dessa vez sem a virtude do retorno.

...

No mesmo sobrado onde hoje eu moro, minha mãe era a família.

Nada ao redor de todos os dias acumulados desvia o olhar leigo daquele que aspira o sopro da memória.

A casa, guardiã de toda delicadeza servida na dádiva da louça lavada, nos fios alvejados de algodão que compunham o cerimonial dos sonhos. O aprendizado da memória.

As orações abafadas, ladainhas recitadas antes e depois das refeições.

Um agradecimento a Deus pelas preces alcançadas, pela graça de receber o dom da vida, do lar, do amor.

O gato russo de trajetória interesseira, macilento na cadência, benevolente nos seus instintos em me adotar como prole.

E a voz da mãe abençoando cada molécula de espaço num tom suave de poema como centro de pureza.

O silenciar a respeito do pai. Calaram as perguntas que eu não fiz. Uma mensagem velada afastava aquele assunto dos nossos afazeres, convertendo minha incerteza num total esquecimento.

Aceitei, na reverência de um amor, a agilidade de uma infância que mastiga o mato como pão partido para saciar a fome.

Aquele universo que se expandia num fluido morno transbordava o corpo, como valentia, num curare capaz de calar a dor da pele ferida.

E eu, cavalo ou peão, andava com desenvoltura por todos os lugares, no tabuleiro, orgulhoso, na majestade de um xadrez.

As rosas plantadas fizeram de mim terra de promessa, terreno arado de quantidades físicas pronto à recompensa do fruto.

Como se chamava o jeito da mãe abrir o doce na pedra da pia enquanto eu escrevia as letras ainda frescas na mesa empoeirada de farinha?

Ou quem sabe o resultado da soma de todos aqueles anos nos quais o equilíbrio do silêncio transformou em paciência nossa natureza desdobrada de afeição?

O pressentimento de ter o tempo desfeito em cada extensão de prazer paralisou meus olhos diante do milagre por despertar pleno sem a sonolência que danifica o humor.

Meu rosto se transformando no reflexo das paredes, na metamorfose que ceifa a planta arraigada na umidade da memória.

Essa relação que sopesa valores que somos nós misturados a todas as coisas numa consciência parda movida por uma luminosidade atávica.

O que nos existe de suspeita na diferença entre arrependimento e remorso, vontade e desejo, memória e lembrança.

Saber-se um nome que carrega o sentido, transformando os costumes contados em verdades reunidas. Desfazer o som do próprio nome entoado pelas bocas sem substância, para escrevê-lo no silêncio longe do murmúrio de nos ouvirmos falados, ditos em perjúrio.

No final da tarde, a certeza da paz riscada em volta da casa.

O fôlego inesgotável da lembrança que se alastra por entre todos aqueles que nos imaginamos ser.

A persistência do discurso fundamental no qual o importante era avaliar cada parte pela justeza do tempo apartado do valor estabelecido, limpo das tendências da paixão.

Nas conversas pronunciadas em sigilo, a voz da mãe marcava

o registro de uma prudência que eu, ao longo do tempo, distorci em medo grosso, convertido mais tarde numa covardia pontual.

Fiz dos ruídos segregados cama larga de estrado firme capaz de me levar novamente à mais longínqua quina da recordação, essa matéria carnal.

Do outro lado do muro de pedra, a origem de uma família italiana reconstruía os valores da rotina recitada pela lei do pai que transmitia a certeza de se manter único, num exercício coletivo.

Os dois irmãos de feições desunidas e cabelos enferrujados estendiam as brincadeiras na grama molhada do jardim, resguardados pelos canteiros de plantas mescladas. Eu fechava os olhos emoldurados pela fenda entre uma pedra e outra para me colocar ali no meio daquele jogo de palavras adivinhadas e risadas simultâneas.

Foi numa tarde de tranquilidade azulada, enquanto enchia o dedal de água da gaiola de bambu, que Lucas apanhou de repente meu apelo prolongado feito rastilho de pólvora pronto para arrebentar em pedaços.

Os olhos suspensos nas camadas de aço do ar estático. Nenhuma distração que pudesse aliviar o abalo de ser descoberto na linha que preserva o cristal ocultado de cada família.

O menino caminhou até bem perto do muro onde meu olhar ardia no farelo arenoso da pedra.

Com o rosto colado na fresta, cerrei os lábios, crédulo de que faria imperceptível a brisa da respiração.

Parado no estado do corpo preso em alerta de um perigo a ser exposto.

Em seguida, o sorriso discreto do medo desfeito nos olhos de ternura, e a voz do irmão devolvendo o equilíbrio da rotina.

Feito o pacto mudo que transcende a força operária da palavra, eu me tornei parte daquele universo de afeto.

Minha visão turva de água espessa via aquela imagem como óleo sobre tela na fragrância da tinta fresca capaz de erguer os jacarandás de copa larga, aptos a tocar o céu.

A voz da mãe caminhou para me trazer de volta para casa, e eu arrastei os pés até a soleira da porta da cozinha.

— Onde é que você estava? Já caiu a tarde e daqui a pouco o jantar vai estar pronto. Vai se lavar.

Tudo dito com a mesma suavidade do sol matinal que banha um corpo de pele tenra verdejante na inocência.

Entrei no banho, e a água corria quente pelos meus espaços temerosos da transformação implacável que desmancha o tempo lúdico de dentes como motivo de orgulho encrustados em ouro puro na argola de um berloque.

A vida escorregava solta como brinquedo ensaboado que fica retido entre os dedos para, em seguida, escapar da palma da mão.

Um dia, a mãe caiu doente depois de pegar uma tempestade lá para os lados do Jardim da Luz. Foram meses de aflição contida para que ela jamais percebesse o brilho grave das águas turvando meus olhos.

De repente, eu fiquei só, cercado de móveis e objetos parados pela falta do vento que se desloca no passo da presença.

Os espaços alargados pela dor que, ao contrário de estreitar as vísceras, esparge o tecido no desligamento do afeto.

A morte do tempo, essa metragem de cetim roxo que envolve a ficção de nomenclatura equivocada que se chama vida.

Fui perfilhado pela boa vontade de um matriarcado vizinho desde a tomada dos deveres de casa até os hábitos e mínimos deveres domésticos.

Comida feita na mesma chama do fogão de pedra, que purifica todos os elementos que compõem a condição de estar só.

O tempo foi carregando as pessoas das famílias, as famílias das casas, e a rua se transfigurou na solidão desconhecida que emoldura o meu rosto.

Na vertigem desse movimento, eu me constituí guardião dos pequenos roteiros que semeiam as dobras do imaginário transformado em oxigênio primordial.

...

Abro a gaveta e, tateando o fundo entremeado de asperezas, pego o papel amarfanhado do endereço que ela deixou no meio do livro.

Rua Pontal, 48. Um desconforto percorre meu estômago já antevendo o próximo passo que fatalmente darei.

Em memória dos meus ancestrais que eu jamais conheci, juro achar a direção daquela rua túrgida de intenções.

Intuitivamente folheio o guia de trás para a frente para depois saltear as páginas como se fosse um sorteio.

É quando, por conta do acaso, cravo os olhos no nome da rua. Estremeço diante da surpresa que a sorte me oferece, ainda que provocada; uma possibilidade de encontro.

Eu não quero nada, apenas sigo as pegadas de um corpo esfomeado que decide abrandar sua fome já ciente da impossibilidade de estancar a sensação por completo — fica sempre um vazio.

No entanto, a forma de como tornar concreto esse encontro martela as juntas estaladas dos meus dedos. Ir ao encontro de alguém, mas quem?

A ignorância do nome, o desconhecimento do contexto.

Circundo a sala, meço cada palmo de incerteza, na busca de uma brecha lúcida que me recue dessa vontade sem freio.

Retorno ao guia e percorro as cercanias da rua com o indicador.

Daqui até lá vai um bom estirão, independente de se eu for de ônibus ou de carro.

Visto isso, fecho o guia com a força de um estampido.

Se não há uma definição clara para a minha finalidade, o fim permanece lá, inalterado, recendendo a alfazema, e a minha dúvida sistemática como centro de existência se enfraquece através dos vácuos possíveis para sutilezas. Rearranjo como num acróstico o estado da minha essência.

Saio bem cedo, céu azul escuro quase preto. Caminho duas quadras até chegar ao ponto de táxi que fica na esquina da avenida. Curvo a cabeça na altura da janela e posso ver o motorista que dorme de boca aberta. Dou três toques no vidro, e ele, assustado, se endireita no banco em disposição defensiva. Depois baixa o vidro e, com um sorriso inesperado, fala de jeito lisonjeiro:

— Tomei um baita susto, moço. Vai pra onde?
— Pois é... nem eu sei direito!
— Como é que é?
— Conhece a rua Pontal? — Digo, apoiando as duas mãos na janela do carro.
— Rua Pontal... Rua Pontal... acho que já ouvi falar... mas....
— Fica lá para o final do Jabaquara — falo, enquanto passo o guia pela janela.

O homem lambe os dedos e, numa rapidez espantosa, localiza a página e a rua.

— Olha, moço, é bem longe e a corrida não vai ser barata. Vamos lá!

Abro a porta do carro e sento no banco da frente sem mais explicações.

— Podemos ir?
— O senhor é que manda.

O carro começa a rodar com velocidade, enquanto as ruas se espreguiçavam. O barulho dos primeiros carros, ainda negligentes, já sem as luzes dos faróis. A hora escura me enche de coragem e envolve em silêncio o dia ainda escondido.

O motorista dirige com os braços esticados e move lentamente o pescoço de um lado para o outro, numa espécie de tique.

Eu me sinto tolo o suficiente para seguir aquela empreitada, mesmo que me custe o esforço do deslocamento e a disponibilidade quase obrigatória para uma conversa fiada.

— O senhor mora perto do ponto?
— Sim, desde menino.
— Ah! Então conheceu isso aqui bem diferente do que está hoje né?
— Sim. — Respondo num tom encerrado de assunto.

O homem se cala, mas pela expressão de sua boca outra pergunta já está presa na ponta da língua.

Seguimos mais um tempo em silêncio quando ele dá uma gargalhada redonda e me diz:

— Olha, moço, eu tô morrendo de fome! Vamos ter que parar porque senão não dá para seguir viagem.
— Viagem? Aqui ninguém vai viajar.
— Bom, não vamos discutir por causa disso, o seu longe é diferente do meu.

Rodamos mais um pouco, e ele estaciona em frente a uma padaria bastante iluminada. Desce do carro ajeitando as calças e me faz de longe um aceno em forma de convite. Apesar de certa relutância, meu estômago apertado facilita o acesso à padaria.

Na bancada encardida, o motorista devora a carne rosada de um embutido amassado num naco de pão fresco. Jogo o paletó em cima do banquinho enquanto o dono enche lentamente um copo de café ralo até a boca.

— Vai um pouco aí? Ou pingo um pouco de leite?
— Puro e, se possível, mais forte.

Entre as migalhas de pão e o guardanapo engordurado, ele, com a boca cheia, me incentiva a gula numa proposta de proximidade.

— É a especialidade da casa! Se eu fosse o senhor não ia perder por nadinha desse mundo!
— Vá lá! Me traz um desse.

E sentados ali comemos como dois velhos parceiros, cujo objetivo não consiste em outro que não seja o de cooperar. Faço questão de pagar a conta que não passou de uma pechincha.

Voltamos para o carro na descontração de uma música sertaneja e o rádio ligado no último volume.

Com o braço para fora da janela, aquele homem brinca de pegar o vento na espessura da velocidade. Acende um cigarro e traga a metade de uma vez só.

— Quer um?
— Não fumo mais.
— Sem possibilidades de eu parar. Depois do café, aliás depois de comer, uma baforada é de lei. É o vício, né, doutor?

Eu me sinto esvaziado de certezas. Aquilo tudo me acontece além da cabeça, desossa as defesas de corpo e alma que protegem a solidão do hábito crítico, num relicário de intolerância. Todos nós temos um viés de vício, nos constituímos deformados na pretensão de sentenciar o que do outro lhe é mais precioso.

De olhos compenetrados no trajeto irregular do acostamento, deixo esvoaçar toda a literatura organizada ao longo de mim.

— Fôlego, doutor... é isso que o diabo do cigarro me toma! Mas também pra que é que eu quero mais do que eu tenho? Não vou ser atleta nem nada, então eu vou fumar.

...

Ajoelhada em frente ao oratório no fundo do corredor, Lavínia riscou um fósforo, incendiando o pavio da vela votiva de Nossa Senhora do Perpétuo Socorro. Mãos postas em prece sentida, apertava com força a oração entre os lábios convictos do alcance da promessa. Não se entregar ao cansaço da espera, muito mais do que um incentivo, era uma coisa sua, uma disposição de fibra.

Já tinha vivido o bastante para ver o tempo se insinuando a cada instante do seu rosto. Puro reflexo lúcido apreendido pela luz do espelho. Morava com o filho de um amor desfeito e muitos sonhos esbranquiçados.

Sempre pensou que o aperto do espaço daquela casa colocaria o menino e a ela no acolhimento maiúsculo de um portal de confiança. Depois, lentamente foi percebendo que as relações preconizadas sanguíneas podem trazer os olhos escuros convictos de solidão.

Acordava de madrugada, cuidava do garoto com um zelo branco açucarado de densidade febril.

Até os cinco anos não lhe dera um nome. Chamava-o de filho, como se assumi-lo seu já fosse o bastante. Gostava dele, encontrava uma parte sua na cor de seus cabelos, na expressão de seus olhos. Mas jamais conseguiu amá-lo com a isenção virtuosa do instinto que embala o rosto inconfundível da mãe.

Depois da prece, Lavínia levantou, ajeitou o crochê que decorava o oratório e levou o vaso de flores para a cozinha. Despejou a água na pia branca para depois transbordar no jorro da torneira seu pensamento desatento.

O menino esbarrou em seu vestido, trazendo no susto a impaciência costumeira da voz.

— Toma conta da casa que preciso ir ao mercado. Fica quietinho brincando com as suas coisas. Eu não demoro.

Desamarrou o avental, alinhou o cabelo e girou a chave, pelo lado de fora, duas vezes na fechadura.

• • •

Deitado de costas no chão do quarto eu me espalhava pela casa inteira.

Imenso era eu percorrendo o teto e suas dobras duras de gesso. Como na tela do cinema em que eu ainda não podia entrar; naquele espaço, a mãe me beijava e os irmãos corriam como muitos, lustrando o piso de madeira.

Era uma vez e eu já era grande, homem de dinheiro capaz do desejo prata no carro brilhante, estofado em couro macio, pronto para fazer passear a vontade de ser outro. Na segunda vez, meu corpo magrinho se havia feito robusto sem os medos cultuados além da tela, da casa, da minha própria percepção.

Minha mãe me olhava de olhos baixos. Com o olhar que sem alma vira olho. Nada. Nem um ritmo de calor. Era desse jeito que um dia acabava e começava o outro.

...

Entre cartazes de ofertas, Lavínia andava vagarosa pelo mercado aglomerado de gente. Ali mesmo nos corredores procurava num foco vazio alguma coisa que pudesse encontrar. Olhava a vida com olhos de vento varrendo as imagens para os lados enquanto seguia destemida o centro de seu caminho.

Não era difícil sua mente parar quieta, na lembrança daquele homem perdido há tanto tempo. No tempo, o devaneio era invadido por afazeres e preocupações de quem é por si e pelo filho, ainda que sem pátria materna.

Escolheu meia dúzia de pêssegos acariciando o rosto com o veludo da pele. Depois laranjas e maçãs coloriram os ferros do carrinho que, com o devido cuidado, desviava das outras tantas sacolas abarrotadas da melhor promoção.

Quando a semana terminava, aquela volta pelo bairro ressoava como uma chance de encontro, um fôlego de mudança capaz de saltar sua vida para um não saber onde, farto em emoções desconhecidas e tristezas erradicadas.

Porém uma volta, volta e meia e sempre ficava faltando a última volta, aquela que traria as contas restantes e, com elas, a ternura prometida entre os tomos da livraria do centro.

Alheia aos costumes dos subúrbios, a rua Pontal não entrelaçava a vizinhança, exceto os préstimos de Dona Emília, sempre atenta ao rosário que Lavínia cantava no tom de seus inúmeros desencantos. Uma eterna repetição de expectativas sem abrigo.

...

Saiu do mercado com os braços estendidos e as mãos avermelhadas pelo peso das frutas frescas. Atravessou a rua e foi direto para o portão da vizinha. Girou o trinco e foi entrando com a confiança natural de quem ali já pertencia ao espaço.

— Nossa, quanta demora! Pensei que não vinhas mais.

— O mercado não dava nem para andar direito! — disse Lavínia colocando os pacotes na mesa para só depois atirar-se no sofá. — Estou exausta, Emília! O menino tossiu a noite toda, tirando a trégua de um cochilo.

— Bem que ouvi qualquer coisa e não fosse isso... que olheiras, filha!

— Sabe que tenho pensado em procurar o pai. É muita coisa... ele está crescendo, e o que eu tiro com as costuras quase não cobre o final do mês.

— Não é só isso, filha, o menino precisa do pai, ainda que tu te bastes sem marido.

— Eu sei disso. E... te confesso um medo na reação que vai ter, no jeito como contarei toda a historia e, mais do que isso, tomar conhecimento do que ele fez da vida. Nem pensar! Esquece. Daqui a pouco ele já é homem, e se quiser saber, que vá atrás do pai.

Já fiz minha parte. Gerei, dei a vida, alimentei e em breve solto no mundo. Não é assim que é? A gente dá o que consegue ter. Se não tem, não há como a gente dar.

— Tá certo, filha... eu sei que no fundo teu coração guarda boa essência. Gostas dele.

— Sabe, Emília... não há dia em que eu não pense naquele homem do centro. Parece coisa feita! E faz tanto tempo que já perdi o jeito de acreditar. A lembrança vem truncada de distância. Bom... está na minha hora. Tenho dois serviços para entregar e, graças a Deus, vai entrar um dinheirinho. Gastei os últimos que eu tinha no mercado.

— Vai, filha, e pensa no que eu te disse.

Lavínia fechou o portão e, em vez de atravessar a rua, ficou encostada no muro. Parada, foi descendo os braços ao lado do corpo até soltar as sacolas na calçada. Chorava de sono de cansaço no desalento que a vida lhe dera de história. Sonhava um homem, uma casa, uma mulher que pudesse lhe salvar da monotonia cinzenta daquela rua de asfalto remendado cheirando a piche.

• • •

A casa da rua Pontal era a herança do colo materno que acolhia Lavínia desde que a morte aconteceu numa tarde de agosto. Quando os humores das estações e a pressa da juventude ainda mantinham intacta a cumplicidade do tempo.

Depois de um breve namoro e da garantia dos apaixonados, ela e Danilo resolveram morar juntos. Nada de casamento e sem filhos, eles juraram construir o desafio de um amor verdadeiramente livre. Foram muitos momentos felizes cercados de desejo e companheirismo pela luta do dia a dia. O dinheiro curto não sombreava nem de longe as janelas abertas da casa, e o barulho das risadas contagiava as pessoas das outras janelas e portas vizinhas, numa corrente de alegria.

Porém, onde o sossego parecia revestir de tecido macio aqueles tempos, um revés de movimento instalou o aperto nas palavras e nos olhares hostis.

Lavínia estava grávida. Uma vez rompido o pacto do ideal de liberdade, a sequência da vida se encarregou de destecer a trama de cada um dos esboços, desenhos e projetos de comunhão.

Deitado na cama com o dorso nu, Danilo contava as imperfeições da parede de cal branco enquanto colocava sua verdade no escuro. Não queria nada além de ser livre e sem vínculos. Um filho agora ou sempre debulharia seus sonhos e, mais ainda, eliminaria o tempo que talvez levasse para erguê-los. Não nascera para ser pai e, quem sabe, nem para ser filho.

Lavínia chegou à porta do quarto. Com uma decisão tomada.

— Não terei esse filho. Amanhã mesmo procurarei o médico que resolveu o problema da filha de Dona Emília. Fica tranquilo.

Pegou a bolsa e foi atrás da vizinha, determinada em sua resolução.

Voltou tarde da noite, quase madrugada. A casa estava em silêncio e as luzes apagadas correram geladas pela sua espinha. Caminhou até o quarto onde o armário vazio, de portas abertas, e os cabides jogados em cima da cama fecharam seus olhos na solidão.

Cruzou as mãos abraçando a barriga que, naquele momento, era a única coisa que realmente lhe pertencia. Então sentou e foi adormecendo aos poucos, aninhada na poltrona perto da janela.

Na primeira claridade do dia, Lavínia provou o gosto oco da boca.

Já não tinha como certa a atitude decidida daquela noite que de tão perto já entendia tão longe.

Ter aquele filho à revelia de Danilo, sem que ele jamais tomasse conhecimento do fato, lhe pareceu tentador. Pelo menos isso. Por uma vez que fosse, faria alguma coisa surpreendente. A partir dessa noite, as águas que nutrem os sentimentos fazendo flor às sementes da afeição secaram a sua crença. Ajeitou a casa e as coisas para o desconhecido. Sua alma transmutada distendia seus órgãos no medo imenso do passo arriscado. Tombou pelo chão a certeza que ela tinha no amor daquele homem, como o homem que pensava seu.

...

Quando minha barriga começou a crescer, de fato eu olhava no espelho, na sombra da parede, com a coragem de quem não calcula os sulcos feitos na terra que asseguram uma boa colheita.

O tempo, eu dividia em partes desiguais. Ficava em casa dedicada às costuras que com frequência me traziam ou, se não era isso, passeava pelo quarteirão em busca de uma conversa distraída que soprasse para frente o final do dia.

Nunca deixei de pensar no acontecimento que é uma pessoa ser feita dentro da outra. E que isso pode imprimir a expressão de um sorriso, um formato de rosto mas jamais o mesmo jeito de ser.

O filho que eu já sabia menino virava no líquido aquecido das minhas entranhas, formando desenhos de geometria na superfície esticada do ventre. Um triângulo é isso — um traço, um filho.

Foi no meio do sono que uma pontada me acordou molhada de dor.

Segurei no colchão e, sentada, vi no meio das pernas a chegada da hora.

Fui arqueada chamar Dona Emília que, de sobreaviso, tinha os panos prontos e os utensílios lavados e passados no fogo. Tudo preparado.

— Deita, filha! Segura nas grades da cabeceira e respira como nós combinamos. Força, Lavínia! Empurra! Vamos!

Eu forçava a saída da libertação. Voltaria a ter meu corpo só para mim, sem o peso nos pés que dificultam a locomoção.

Atordoada pelo esforço despendido, olhei no centro dos berros e vi o rosto do menino que chamei de filho.

Dona Emília colocou a criança em meus braços. Eu dei de mim a energia que alimenta; que sem forma formata tudo o que permeia e põe de pé a realidade vista sem olhos inocentes. Com toda a herança dos hábitos alheios que incorporam os nossos costumes e as nossas impressões.

...

Lavínia girou a chave e, com o ombro, empurrou a porta de madeira inchada pelas chuvas da semana. Deu de cara com o menino afundado no canto do sofá girando um lápis de cera num pedaço de papel.

Pôs as compras sobre a pia e, em seguida, sentou junto ao garoto. Puxou, curiosa, o desenho e, surpresa, descobriu uma folha em branco.

— O que é isso? Onde está o que você fez?
— Está aqui disse ele apontando o indicador para a testa.
— Ué! Mas eu vi você desenhando o papel!
— Eu não posso fazer o desenho, senão ele morre!
— Como é isso?
— Ele morre, mãe! Assim — disse o menino pintando um gato de cera verde. — Tá vendo? Ele não mia, não pula, não faz festa! Ele morre.

Olhei para meu filho e senti como verdade que ele era meu. E, portanto, como meu, veio forte a vontade de nomeá-lo.

— Teu nome vai ser Pedro. Amanhã cedo cuidaremos disso.

Emocionada, voltou para a cozinha, lavou as frutas frescas que decoravam o centro da mesa de refeições numa cesta de palha. Um olhar, um detalhe que seja, pode mudar a disposição dos sentimentos que definem os estados da alma. E em um não previsto alargar a capacidade de amor.

Deu entrada nos papéis de registro com o temor das consequências da expiração do prazo. Aparte algumas complicações da burocracia, que não vêm ao caso, Pedro ganhou um nome e a legitimidade de um caráter.

• • •

Do outro lado da história, Matheus continua seus pensamentos enquanto o carro come as linhas pontilhadas da estrada.

• • •

No mecanismo de um relógio, minha mente gira em pontas de estratégia, ajustando algumas possibilidades de desfecho. Porém, a incerteza me revira o corpo. O dia quente adensa a vontade de acabar logo com aquela curiosidade que, no meu critério, parece fora de época, quase ridícula.

Os inevitáveis escombros amorosos sideravam ao som agudo da música distorcida do rádio.

— Podemos abaixar um pouco o som?

— O doutor manda! Sem querer ser xereta doutor, o senhor é casado?

— Não.

— Mas não foi nunca ou só não é agora?

— Que conversa é essa?

— Não leva a mal, doutor! Mas eu tô vendo a sua agonia. Daí eu pensei... aí tem... é assunto de mulher.

Fico quieto olhando a continuação da estrada. Mas a sabedoria daquele homem levanta uma questão.

— É!... você tem razão. Vou procurar uma mulher que mora na rua Pontal.

— Ah!... eu sabia...! Essa mulher é sua ex?

Permaneço calado a fim de conter a especulação do motorista que, embora pareça ser boa pessoa, fala demais.

Mentalmente aterrado, mantenho o silêncio. Afastado do vício das conjecturas que tecem uma espécie de garantia para o que não se conhece.

É uma teima que me empurra para aquela procura. Nada de concreto justifica a minha ida atrás daquela rua longe de tudo para o encontro de uma mulher que do rosto mal lembro os traços. Mas aquele perfume alcoolizado de alfazema exerce um efeito hipnótico sobre o meu discernimento. Tudo recende a lavanda. O carro, a estrada, a música estridente, a minha própria lembrança.

Já é quase metade da manhã quando nos aproximamos da rua Pontal. O motorista apanha o guia no console do carro e, devagarzinho, estaciona no meio-fio da calçada.

— Bom, chegamos no pedaço, doutor! Agora é achar a danada da rua!

Enquanto ele consulta o mapa, eu vislumbro a personalidade dos produtos comercializados em profusão de cores. O que mais chama a atenção são as várias pessoas que experimentam peças de roupas nas portas das lojas quase em plena rua. Uma linguagem solta de ser, própria da escolha livre sem o jugo padronizado da lei.

— Olha, doutor, é uma rua pequenininha, travessa de uma tal de Simão Araújo. Pelo mapa dá uns quinze quarteirões daqui!

— Então, toca para lá.

O bairro fora construído praticamente sem prédios. Prevalecem sobrados de argamassa acinzentada que, cobertos por telhados de laje, lembram as construções quadradas das vilas operárias.

Eu tenho uma visão estrangeira de mim e daquele entorno como o alcance de algum país de cultura difusa que atordoa aquele que chega no marco zero da catedral.

— Sabe, doutor, eu sou casado faz um tempão! Sei lá! A gente vai namorando e quando vê já tá lá, casado e pai de filho! Eu sei que o senhor não perguntou mas eu me chamo Laurindo! Por causa da minha mãe que chamava Laura e do meu pai que era Arlindo! Acho legal assim juntar os dois nomes!

— Então, Laurindo, eu me chamo Matheus e, pelo que eu saiba, não existiu nenhuma razão específica para isso!

A conversa toda só faz calar ainda mais minha voz na revisão da história. A contração do tempo sobre si mesmo e sobre todas as circunstâncias lança o mistério que interrompe os laços, os lugares, os amores até atingir o colapso da imagem que é a vida.

Fraque bem cortado, camisa de colarinho alvo, cravo na lapela, e ali estava ele parado no altar da igreja repleta de convidados. A figura de mulher envolvida em tule branco deslizava pelo centro da nave bordado de flores. É essa cena que, como um milagre, resiste vívida em minha cabeça. O que foi feito disso são as revistas e livros empilhados na mesa da sala sem sol. Jamais consegui localizar de que canto a vida me escapou.

...

A proximidade da rua Pontal convocava mais do nunca sua visão entre o que se pode chamar de utopia e a realidade concreta. O trânsito lento retardava na velocidade do carro o momento de saber a rua, de ver a casa de encontrar finalmente aquela mulher. Aos poucos, a circulação dos carros foi aliviando a avenida, e Laurindo aumentou a pisada do acelerador.

Cruzaram o quarteirão e mais alguns outros quando o motorista deu uma brecada forte.

— Epa! Acho que passamos!

Engatou a marcha ré, torceu o corpo e voltou lentamente mais de meia quadra.

A rua Pontal era uma ruazinha sem saída. Uma vilinha.

— Qual é mesmo o número, doutor?

— 48.

Laurindo embicou o carro na vila estreita parando em frente à casa do lado oposto da calçada.

— Pronto, é ali! — disse o motorista apontando a casa com a proeminência do queixo.

Uma fisgada no estômago contraiu ainda mais a musculatura de Matheus que, perplexo, se agarrava ao revestimento gasto do banco. Um cansaço lhe pesava as pálpebras lentificando o entendimento com explicações vazias, evasivas de informações truncadas.

Tirou os óculos, limpou as lentes com uma pequena flanela e voltou a colocá-los no dorso alto do nariz. Chegara ali vencedor da relutância que o tornou escasso no costume das demonstrações de afeto. Dessa vez iria até o fim.

Num rompante, Matheus desceu do carro e ficou parado olhando o número 48 da rua Pontal.

A casa, pequena, exibia uma fachada romântica de portas e janelas pintadas de azul. Alguns gerânios plantados numa floreira de ferro decoravam o parapeito que dava diretamente na calçada.

— Pelo visto tem gente em casa, doutor!

Do outro lado da rua era possível ouvir claramente um barulho de vozes misturadas ao som de uma melodia sentimental. A vidraça aberta dava a visão remota de um vulto que parecia ser o dela.

31

Um tempo de espera abstrato mantinha Matheus encostado no retrovisor do carro. Sairia daquela cena para tocar a imagem que lhe acompanhara durante tanto tempo? Tocaria a campainha, bateria palmas, para dizer o quê? Talvez ele ficasse mudo e ela, emocionada, lhe pegaria as mãos para juntos contarem as horas confirmadas de incerteza. Ou, quem sabe, aquela inesperada aparição lhe produzisse um efeito de esquecimento, como um rosto coberto pelo volume das coisas acontecidas no decorrer daquele tempo. O sentimento incômodo e perturbador que encarna o corpo determinado pelo desejo de querer.

Mas a cabeça de um menino surgiu no meio da janela recuando Matheus um passo atrás. Era uma criança pequena o suficiente para estar trepada em algum móvel capaz de colocá-lo confortável na brincadeira com um carrinho pela esquadria de madeira.

Sentiu vergonha de estar ali exposto a pretexto de uma história que do enredo lhe escapava o fio.

Seus olhos surpreendidos juntaram o menino, a janela, o carrinho, ao redor da urgência de escapar dali e levar consigo o constrangimento de tamanho despreparo. Enquanto Matheus repassava seu espanto, o menino conseguiu alcançar a janela com a perna ficando pendurado pelo lado de fora. Assustado, o garoto irrompeu num choro de virar a esquina.

Paralisado, Matheus viu surgindo do escuro da casa a figura dela.

Lavínia pegou o menino no colo apertou contra o peito beijando-lhe a bochecha. Não havia mais dúvidas: ele era dela.

Laurindo escarrapachado no banco do carro esticou o pescoço para fora, deu uma baforada e num tom provocador:

— E agora, doutor?

...

Não sei o que me deu na alma. Empurro o corpo novamente para dentro do carro e peço com aspereza a Laurindo que me leve de volta ao ponto onde nos encontramos.

Sem comentários e com o rádio desligado, pegamos o sentido contrário do caminho.

...

Com papel listrado de marrom e branco, mamãe sentada no chão encapava os cadernos que eu levaria para a escola na segunda-feira.

A tesoura trabalhava, obediente com a firmeza de sua mão, e as pregas que cobriam os cantos tinham vincos mágicos que, ao se juntarem às listras marrons, escondiam as brancas.

Ter um nome vai muito além de ser chamado. Guarda em si proporções desconhecidas. A pedra de que fui feito inspirou o som que, independente da altura com que era dito, explodia meu coração de alegria. Pedro, esse sou eu.

A escola, que não era perto de casa, foi fundada por um médico importante, conhecido por sua boa vontade com os menos afortunados.

Era essa história que mamãe me contava enquanto organizava o meu material.

— Segunda-feira é o segundo dia da semana. Mas quase ninguém sabe disso.

— E quantos dias ainda tem para segunda-feira?

— Quase uma semana. E vai passar mais rápido do que o tempo que levas para comer o teu mingau.

O dia passava lento enquanto eu inventava a classe, os colegas sentados, assistindo à professora escrever com giz amarelinho no fundo escuro da lousa.

Lá pela hora do jantar, Dona Emília abriu a porta, alvoroçada, contando que a filha, que há tempos não trabalhava, finalmente tinha arrumado um emprego. Começava na segunda-feira.

Tirou da sacola um bolo de fubá e uma garrafa de refrigerante, olhou para mim e com um sorriso que vem do umbigo disse:

— Vim aqui comemorar a tua ida para a escola e o emprego dela!

À medida que colocava uma fatia no prato, enchia a boca com outra. E seu riso de farelos contagiava toda a casa em gargalhadas.

Segunda-feira era feita de letras que, estendidas como um fio, faziam dela um dia de benefícios.

As vantagens que a filha teria no trabalho, contadas por ela, distraíam mamãe a ponto de eu me empanturrar de bolo e ainda ficar imitando os trejeitos de boca da vizinha.

À noite, já debaixo dos lençóis, eu continuei formando as imagens que na minha cabeça a segunda-feira me traria.

Quando, de manhãzinha, a casa ficou clara, o cheiro forte de café me levantou sonolento direto para o fogão.

Sentado na cadeira, eu ainda pensava na escola e em todo o mistério que para mim havia em torno dela.

— Hoje vamos dar um passeio, por isso come tudo, pois temos que andar bastante.

— Aonde é que a gente vai?

— Vamos ao centro. Quero que conheças o meio da cidade. Tomaremos o ônibus na avenida até o Viaduto do Chá e depois seguiremos a pé. Vou te mostrar as igrejas, as lojas e o trecho de São Paulo que mais me encanta.

Não eram ainda nove horas quando saímos de casa.

Tinha a mão direita apertada pela luva dela enquanto a esquerda aquecia enfiada no bolso da japona.

O peito arfante de felicidade mal cabia na névoa úmida que começava a se desvendar pela manhã.

O ônibus parou lotado e, mesmo assim, entramos numa mistura de perfumes e pessoas até alcançarmos a catraca. Mamãe passou o dinheiro para o cobrador que devolveu o troco. Passamos a borboleta e rapidamente ela sentou no lugar de um senhor que pretendia descer no ponto seguinte. Fiquei sentado no colo dela, observando a seriedade dos rostos daqueles que, em pé, se agarravam aos ferros do veículo. Podíamos estar em qualquer lugar do mundo. Uma escadaria enorme fazia a frente de um teatro com anjos de asas coloridas desenhados em vitrais.

Outro lugar era aquele distante da nossa rua e da compreensão dos meus olhos. Atravessamos o viaduto, e eu podia sentir a ansiedade que apertava e soltava minha mão.

Paramos nas vitrines sem, no entanto, entrar em nenhuma loja. Visitamos as igrejas, molhamos a mão na pia de mármore para depois, de joelhos, fazer um pedido.

Eu pensava na escola, mas mamãe fechava os olhos com força na concentração da prece.

Depois continuamos o passeio com a explicação de todas as coisas que eu devia saber.

E assim foi até chegarmos na porta de uma loja cheia de livros e santinhos pendurados.

Ela soltou minha mão e segurou firme a alça da bolsa.

Entramos e, com o passo nervoso, ela caminhou em direção a uma fileira de estantes. Eu continuei andando devagar, logo atrás dela.

Mamãe procurava aflita alguma coisa que parecia não encontrar. Segurei em seu casaco e ela, assustada, estremeceu como se jamais eu tivesse estado ali.

— Que susto, menino!

Ela virou as costas e saiu andando, enquanto eu continuava parado. Contornou duas estantes e, por fim, parou em frente a uma coleção de livros verdes.

Ficou olhando cada um deles, até pegar com determinação o sétimo volume. Abriu a capa dura e folheou como um leque as páginas amareladas do livro. Repetiu o movimento muitas vezes até sacudir com vigor, na esperança que caísse alguma coisa dele. Como nada aconteceu, colocou de novo na estante sem seguir a ordem anterior.

Empalidecida, ajeitou a gola do casaco, apertou minha mão e saímos os dois de dentro da loja.

Caminhamos emudecidos durante um longo tempo. Alguma coisa guardada pôs uma sombra no sorriso que, de vez em quando, ela me dava.

Com esforço, voltou a me contar sobre os lugares e, aos poucos, foi esquecendo o que para mim virou o segredo do livro verde.

Minha barriga roncava, mas eu continuava firme no meu aprendizado.

O nome me dera uma estatura capaz de aguentar desafios sem choramingar como era o meu costume.

...

Lavínia conduzia o filho pela mão ciente de que Matheus pegara o bilhete.

Seria preciso gelar o sangue para seguir sua rotina sem os sobressaltos que a expectativa produz em todos os corpos que esperam.

Subitamente pegou Pedro pelos braços e suspendeu o garoto no ar.

— Que tal comermos um monte de coisas gostosas?

...

Eu voava sem asas, preservando na memória aquela fotografia que a vida me dera de presente.

Um acordo secreto estava estabelecido entre mim e mamãe.

Jamais poderia lhe perguntar o que havia dentro daquele livro.

Com toalha branca e guardanapo de pano, nos fartamos em um restaurante repleto de espelhos.

...

Voltamos à estrada esfumaçada pela fuligem que os caminhões de carga haviam deixado.

Sem remorso pelo recuo, ligo o rádio para liquidar o embaraço que ficou dentro do carro.

Troco a estação com a naturalidade que me foi proposta desde o início. Laurindo roda a mão pelo volante, estala o pescoço e pega o maço de cigarros preso no quebra-luz.

— Pois é, doutor! Não foi dessa vez.

Havia uma sonoridade complacente naquela frase. E eu me sinto confortado, embora verdadeiramente me experimente aos pedaços.

O meu recurso de abandono já estava lá como registro, inscrito em cada fibra de músculo que sustenta a ação.

Torno a girar o botão do rádio, e uma música francesa soa majestosa, trazendo um sopro misterioso de viço.

O som gutural daquela língua servia a um mágico propósito de me remeter ao melhor de mim mesmo. Capaz de não me ver perdido naquela bravata.

— Essa cantoria é demais de linda! O senhor entende o que ele tá dizendo?

— Já entendi mais, Laurindo! Mas ainda entendo o bastante para saber que ele fala de amor.

— Ah! De amor...! Nosso tema, né, doutor?

Não contenho a boca e estouro numa sonora risada.

O homem estraga a mata queimando a terra com a ganância de ser mais.

Devasta a si mesmo quando rompe o contorno de sua essência e deixa escapar o ouro alquímico transmutado em conhecimento.

Era assim que eu me pensava antes e depois da estrada que traz de volta à cena, onde espreitar os outros pela janela de casa faz de mim alguém a descoberto.

Um tumulto mais à frente começa a ser anunciado por vários cones de borracha que, desencontrados, margeiam o acostamento.

Guardas rodoviários desviam os carros a fim de preservar isolado um acidente ocorrido no quilômetro seguinte.

— Agora danou-se! Olha só... tá tudo parado! Que será que aconteceu?

— Parece que foi feio, Laurindo! Veja se consegue pegar essa brecha da esquerda senão vamos ficar aqui parados até amanhã!

— Pera aí, doutor, que eu quero ver o que é que aconteceu! — replica o motorista, esterçando o carro em direção a um dos guardas.

Abre o vidro, abaixa o volume do rádio e faz praticamente uma investigação sobre tudo o que tinha acontecido. O guarda com muita paciência satisfaz a curiosidade dele contando que um caminhão de suco de laranja perdeu o controle, atravessou a pista e pegou em cheio um carro com três pessoas. Dois adultos e uma criança. Os pais morreram na hora e a criança já havia sido levada pelo resgate.

— Graças a Deus que a criança escapou — comenta Laurindo enquanto agradece ao guarda e, ao mesmo tempo, fecha o vidro.

Andamos mais um pouco, e ainda acho um despropósito o comentário dele. Graças a Deus se todos tivessem se salvado.

Mas, nesse caso, que tragédia uma criança ter sobrado no meio da sucata. Criança não me comove. A condição do corpo pequeno não enternece o meu olhar. Desde cedo me produz compaixão o corpo envelhecido marcado por riscos que distorcem a fisionomia. O movimento descendente que castiga o ritmo dos passos dados, das palavras esquecidas.

Esse impiedoso caminhar para a frente que transforma em sal a visão daquele que se atreve a voltar a cabeça para trás.

Coragem é o meu ponto. O valor que confere à vida a garra afiada para se construir as histórias. Sempre ancorado pela inércia que garante a repetição de quem não quer nada de si mesmo. Para o outro sobram as impossibilidades que deixam o gesto suspenso, a laçada desfeita, o ponto perdido.

A confusão vai se dispersando, e o carro volta à sua marcha normal pela estrada relativamente calma.

Laurindo sugere que paremos para um lanche, e aceito de bom grado a ideia de ter um alimento quente descendo pela garganta.

Almoçamos ao som das considerações mórbidas que ele resolve enumerar, contando as mais pungentes experiências vividas ao longo de trinta anos de praça.

— A verdade, doutor, é isso que faz um homem de bem. Lá em casa a lição era desde pequenininho. Se mentisse já viu... era palmada na certa. E eu achei bom porque mentiroso ninguém merece né, doutor?

— E quando é que não se fala a verdade, Laurindo?

— Quando se fala mentira! Agora tem umas coisas que a gente conta de outra forma, mas que não são mentira... são um pouco de verdade.

— Por exemplo?

— Ué... outro dia mesmo, minha menina que tem seis anos perguntou com quantos anos que a pessoa já pode morrer. Daí eu pensei que se eu falasse pra ela que desde que se nasce já se pode morrer e que, às vezes, bem antes disso, ela ia ficar assustada. Então desconversei e respondi que só depois de velho. Isso dá para chamar de mentira?

— Claro que sim. Mas vamos dizer que você apenas mexeu no cronograma dos acontecimentos.

Não posso deixar de pensar na facilidade invejável com que aquele homem manuseia seus conceitos e toda a trama que constitui sua vida.

Temas exaustivamente refletidos ganham a trivialidade capaz de surpreender de forma inovadora a mais espessa filosofia.

Deixo ali, em cima daquela mesa, todo o meu conhecimento adquirido num prato raso desenhado de feijão.

• • •

O ar que batia em meu rosto vindo da banda aberta da janela do ônibus entrava pelas minhas narinas e ia direto para o pulmão enchendo meu peito de confiança.

O caminho seguro, conhecido, da rua da nossa casa.

Descemos no ponto da esquina de cima e, sem pressa, caminhamos e conversamos sobre coisas acontecidas durante aquele dia jamais esquecido.

Chegamos e já fomos logo tomando posse de nossos espaços e das nossas funções. Mas algo então ficou diferente entre nós.

Tínhamos, agora, o silêncio entreolhado dos que compartilham um segredo.

Minha mão vívida acendia a cartilha em cima da cama, contando as palavras que eu via como formas, ainda que não soubesse ler o sentido.

Faltava cada vez menos para a segunda-feira me levar ao encontro de tantos amigos que faria, à sala grande com carteiras duplas de madeira sólida, onde aprenderia a língua que desvenda a razão.

Só uma coisa desviava meu pensamento da escola: o segredo do livro verde.

Essa dúvida virava uma vontade de que aquele mistério fizesse mamãe contar o início da minha história.

Sempre pulando a conversa, ela não respondia quando eu perguntava qual era o rosto do meu pai. Seus olhos se fechavam e um suspiro de desgosto apagava o assunto. Naquele dia, mais tarde, quando ela sentou em minha cama, eu me senti próximo o suficiente para arriscar mais uma vez a pergunta.

— Como era meu pai, mãe?

Um suspiro veio, mas diferente das outras vezes não calou sua voz.

— Era um homem muito bonito. Nem alto nem baixo, maior do que eu. De cabelo escuro anelado assim como o teu.

— Era, mãe? Ele morreu?

— Acho que não, Pedro. Mas se você quiser mesmo saber posso ir atrás de informações.

— Ele me conheceu?

— Não. Mas sabe que você existe.

Ela se levantou da cama um pouco contrariada e, em seguida, foi ver Dona Emília.

Eu fiquei lá. Filho de um pai que era vivo e tinha o cabelo igual ao meu!

Nessas condições todos os móveis da casa mudaram de lugar.

• • •

Em frente à televisão, Dona Emília cochilava quando Lavínia girou a maçaneta com uma batida na porta.

Sobressaltada, a vizinha estremeceu na cadeira a tempo de

acudir a aflição da moça.

— O que foi meu Deus!

— O menino quer saber de Danilo!

— Não... Então já sabe até o nome?

— Claro que não, Emília, mas pelo andar das perguntas é o próximo passo.

— Bem que te falei, filha...Um dia terias que passar por isso.

— Eu sei, já te disse! Mas agora já não dá mais tempo tenho que lhe contar a história inteira.

— Isso é o de menos, filha! Tens é de procurar por ele. O que não é de todo mau, já que seria de boa aceita uma ajuda nos gastos. Aquela prima dele... Se me lembro bem, tu tinhas o telefone dela.

— Adelaide... É o único contato que me restou... Isso, caso não tenha trocado de número.

— Então... ligue para ela e peça o paradeiro daquele safardana.

— Ah, Emília! Que situação essa a minha! Ainda mais agora que nem te conto... Tive a certeza de que aquele homem pegou o endereço que deixei no livro.

— Esquece, filha... Aquilo é uma quimera...Te concentra no concreto, que é a paternidade de teu filho.

— Pois é... Essas coisas não se explicam... Aquele homem... Que até gordo ele era... Domina minha lucidez ocupando no seu tamanho a dimensão dos meus sentimentos.

— E vais dizer o quê se conseguires falar com Adelaide? Pensa bem...Para que a fala não soe canhestra e ela resolva, por sei lá que motivo, ocultar a direção que ele tomou.

— Direi exatamente o motivo que me levou ao telefonema. O menino quer saber sobre o pai.

— Mexeriqueira como ela é, vai pensar que é contigo que está a vontade de falar com ele.

— Emília! Assim tu me deixas em mais agonia do que já estou.

— Na minha terra esse estado de alma tem outro nome...

— O quê? Queres dizer que ainda gosto dele? Estás louca! Com o caos derramado em que minha vida está, só me faltava mais essa.

— Olha, Lavínia, cresci com tua mãe e, quando ela se foi, te criei como filha, por isso mesmo te conheço no escuro.

— Achas que eu ainda posso amar alguém que de mim não quis nem a coragem de querer tirar o filho?

— Acho, filha... Acho sim.

— Pois estás enganada... Meu pensamento é daquele homem que acabei de te falar. Nada quero com Danilo a não ser que atenda Pedro nos seus direitos.

— Mas que homem, criatura! Sabes o nome? O que faz, onde mora? Se quisesse mesmo a ti teria vindo atrás do endereço que deixaste na estante.

— Ele virá Emília, um dia ele virá! Agora que eu vi o livro vazio já não tenho mais como duvidar das palavras que o meu coração diz.

— Está certo... Está certo... Fica o tempo a conferir. Agora cá, no instante real: por partes, filha. Vai para casa e procura o telefone da prima. Depois volta aqui e faz a ligação do meu aparelho. É melhor assim.

• • •

Pedro, adormecido na sala, nem percebeu ela entrar.

Lavínia abriu o armário do corredor e pegou debaixo dos lençóis e das toalhas uma caixa antiga de biscoitos.

Foi para o quarto fechando a porta bem de mansinho. Despejou a caixa inteira em cima da mesa de costura. Espalhadas por toda parte havia cartas, fotografias, pétalas de rosas ressecadas, terços, santinhos e uma pequena caderneta vermelha forrada de algodão.

Lavínia prendeu a respiração ao ler na página o número do telefone.

Pegou o lápis com que riscava seus moldes e escreveu num pedacinho de papel o tal número.

Aí, juntou tudo de novo e recolocou dentro lata. Saiu do quarto e, pé ante pé, guardou as recordações embaixo da roupa branca.

Saiu como entrou, sorrateiramente.

...

O tempo que acontece longe, antes de eu me tornar, como o nome Matheus, em hebraico, uma dádiva de Deus, insufla o recomeço da minha escritura, a reordenação dos valores que têm as coisas do mundo.

A remodelação orgânica das cinzas em barro que, feito pote, abriga a água fundamental da vida.

Tudo isso está posto diante de mim, num banquete solene de escolhas.

O medo partido, agora em pedaços, me hospedou em casa alheia sempre agastado na hora da decisão. No adiamento ficava a pauta indiscutível que me protegia de levar adiante a conclusão. Fosse do que fosse, a recusa me vestia como um hábito monástico sem a exigência do ajuste.

A criança na janela e o meu espanto que sobreveio com aquela imagem emoldurada. É isso que me mantém fixado na escuta do motor do carro.

Os bairros vão mudando de estilo segundo o horário avançado do dia. Levam sua rotina pelos bares, pelas luzes das casas acesas, por todos os cheiros que o entardecer esparge.

— Você ainda vai ficar no ponto, Laurindo?

— Não, doutor! Para mim hoje já deu. Sua corrida cobriu a féria do dia, mais do que eu acho que teria tirado. Agora vou pra casa e lá brinco com os filhos, tomo minha cerveja e ainda sapeco uns beijos na mulher. E o doutor? Vai ficar onde?

— No ponto para mim está ótimo.

— Eu posso deixar o senhor em casa, que tal?

— Não... Eu... eu prefiro caminhar.

Chegamos ao ponto de táxi lá pelas seis da tarde. Laurindo faz as contas num caderno e me entrega a quantia arredondada na caneta.

Pago, agradeço bastante e, antes que eu desça, ele me passa um cartão.

— Toma meu telefone, doutor! Não é sempre que estou dando sopa. Precisando é só chamar que a gente vem!

— Ok, Laurindo! Mais uma vez, obrigado por tudo.

Abro a porta do carro e saio andando vagarosamente pela rua arborizada do meu bairro.

Entro em casa com a sensação de estranheza que constrange a entrada de um lugar em que não se esteve.

Deslocado em território próprio.

Acendo o abajur da sala e subo os degraus da escada iluminados por uma luz de penumbra.

O local exala um cheiro úmido guardado do charco que ali existia antes das pessoas dividirem seus terrenos e construírem suas casas.

Quem se lembra disso? Quando vim ter consciência do que ao redor fazia parte de mim, o barulho das estacas já cravava terra adentro os protestos polidos da família pela preservação do rio verde que passava onde hoje é a avenida.

Cada luminária acesa revela a condição solitária dos objetos dispostos em desordem.

Pela janela aberta, a rua entra com seus pequenos enredos e, aos poucos, eu me deixo envolver por tudo aquilo que não sou eu.

O final das férias ativa a memória das vozes frescas vindas dos pátios repletos de planos grandiosos com caminhos abertos.
Nada se faz esquecido senão para ser lembrado.
Na parede, o cartaz de uma tourada sevilhana garantia os gáudios de um toureiro. Magro em sua figura.
Num lampejo, eu andava pela classe com passos firmes, exibindo minhas laudas preciosas conseguidas sem muito esforço. Um episódio específico me vem nítido com a crueldade mortal do detalhe.
Certo dia, recebi um ofício da faculdade me convocando para uma reunião que aconteceria dois dias depois. Quarenta e oito horas de pensamentos revirados me colocaram em estado de presságio, como se o chamado viesse carregado de sentença.
Lembro que cheguei pontualmente ao local com o ofício amarrotado na mão. O diretor e mais três professores me aguardavam num clima circunspecto. Sentei na cadeira vazia que, por dedução, entendi como minha.
Com objetividade, o diretor decretou minha aposentadoria com todas as benevolências ditas eméritas dadas a um professor. Grandes feitos, obra completa do tempo esgotado punham termo ao exercício da minha utilidade na função.
Senti no sangue o líquido lento envenenado da tristeza, enquanto os órgãos desamarrados boiavam sem chão pelo meu corpo estático na gravidade do acontecimento.
— Posto isso, Professor Matheus, agora o senhor vai poder dispor do seu horário com a liberdade dos que já provaram a competência. O que mais um homem pode querer dentro da sua carreira acadêmica? Reconhecido, laureado como emérito e ainda por cima dono de seu tempo, para citar Sêneca.
Os outros escutavam sem me olhar, apenas abanavam seus pescoços em sinal de aquiescência. Dentro do cinismo disfarçado em que a sala se encontrava, eu me levantei, abotoei o paletó do

terno e agradeci até não poder mais a generosidade das homenagens que, além de tudo, me concediam o usufruto do meu tempo.

Saí pelo corredor confuso nas sensações de choro e vômito, sem equilíbrio capaz de saber aonde ir. Tinha sido chamado ao retiro, a etapa em que começa o declínio inexorável da fisiologia vital.

Perdido por três dinheiros, parei num bar e brindei sem nervos à efetivação do meu descarte.

Continuo a lembrar desse dia esvaziado, sem a vontade cósmica da inteligência.

Toda a sabedoria acumulada não me faz melhor do que eu seria.

O recuo é intrínseco à natureza do sujeito.

Voltar à rua Pontal extrapola agora qualquer modulação cerebral de covardia. Faltar a esse encontro seria a privação de uma pele sem poros condenada a secar sem a lucidez do instinto.

O cansaço me deita na cama e um último pensamento vira meu corpo grande, no colchão antes do sono.

• • •

Emília desliga a televisão para que nada possa atrapalhar meu desempenho com Adelaide.

Começo a discar os números, segura de que faço a coisa certa, embora não tenha partido de mim a iniciativa sobre o pai.

O sinal de ocupado me provoca um certo alívio, e eu rapidamente coloco o telefone no gancho.

— O que foi? Quem atendeu?

— Não... Ninguém... Está ocupado!

— Tenta de novo, criatura de Deus! Tens de insistir!

Disco novamente, com a intuição de que dessa vez a ligação se completará. De fato, começa a tocar e, uns dois toques depois, uma voz de homem atende.

— Por favor, eu poderia fala com a Adelaide?

— Quem queria falar com ela?
— É Lavínia, uma antiga conhecida dela!
O homem fica mudo a ponto de eu pensar que ele tinha desligado.
— Alô!
— Um momento, que eu vou ver se ela está.
Pronto... Tomara que não esteja... que não me atenda... céus... que tenha se mudado.
— Alô, quem é?
O homem não falara meu nome, e tenho que começar da estaca zero.
— Adelaide! É a Lavínia! Lembra de mim? Que foi casada com Danilo!
A frase me ecoa inteira, patética. Quase desligo o telefone, quando uma exclamação de simpatia me acolhe do outro lado.
— Lavínia! Há quanto tempo! Como você está?
— Tudo bem, Adelaide? Eu vou bem e você?
— Gente... Que surpresa boa...! Eu estou ótima! Me casei, tenho dois filhos e ainda trabalho no consultório de sempre. E você?
Quero sumir... Ter que falar a existência de Pedro e ainda por cima perguntar de Danilo.
— Tudo bem. Olha Adelaide...Vou direto ao assunto... Eu estou te ligando não é por acaso. Tenho duas coisas sérias para resolver e pensei em contar com a sua ajuda. Se você puder me ajudar...
— O que foi? Alguma coisa de doença?
— Não... Graças a Deus não tem nada disso. Bom... você não sabe, mas quando me separei de Danilo eu estava grávida.
— Como, grávida? Danilo tem um filho com você e nunca me disse nada?
— Não, Adelaide... não é bem assim! Ele pensa que eu tirei a criança.

aconchegada nos olhos do corsário, pronta para puxar o laço que estrangula aquele que acredita.

E depois? Depois coisa alguma. Nem a água salgada da lágrima ou o som penetrante do grito. Nada. Não sobra nada.

Eu me recomponho e vou para a cozinha mexer nos alimentos do jantar.

Pedro chega quieto, coloca o pilão em cima da mesa e, pela serenidade do rosto, percebo que já se esqueceu do assunto.

Continuo calada enquanto cozinho a comida.

Não tenho ideia do que fazer com as horas daquele dia.

...

Até que enfim chegou a segunda-feira. Nos dias que se passaram, mamãe permaneceu silenciosa e pensativa, mesmo quando falava.

Enquanto eu vestia o uniforme, ela me olhava com o sorriso que recompensa o esforço de uma etapa vencida.

Na minha cabeça, eu ficava imaginando por que o livro verde tinha causado sua mudança. Passava o dia todo na máquina de costura com as costas curvadas, ouvindo sempre o mesmo disco na vitrola. E quando Dona Emília vinha, as duas se trancavam no quarto dizendo que aquele não era assunto para criança. Com o ouvido colado na porta, eu tentava entender a conversa, mas as vozes falavam tão baixo que eu nada podia escutar.

Pendurei a lancheira no ombro, peguei a malinha marrom e entrei na vida deixando para trás a condição de filhote.

Durante o trajeto, mamãe fez um esboço do que eu deveria evitar. Nada de conversa na classe, prestar atenção nas aulas, ser gentil com todos eram as coisas que eu jamais poderia esquecer. E foi repetindo essas regras baixinho que chegamos ao portão de entrada da escola.

O pátio lotado esperava na algazarra o toque concentrado do sinal.

Nos despedimos com uma suave emoção. Entrei decidido, pronto para desbravar aquele país de palavras e números que a escola iria me entregar.

A classe não era grande, e os alunos irrequietos se observavam feito bichos que se olham quando se juntam.

Cada um de nós foi chamado lá na frente para ser apresentado pelo nome.

A professora seguia a lista de chamada demorando um pouco ora em um, ora em outro, para dele não esquecer o rosto.

Em seguida, começou o ensino das letras colocadas numa reta que ia de um lado ao outro da lousa. Eu sabia todas elas separadas, só faltava aprender a juntar. Uma vez que eu aprendesse a agrupar era um salto para todos os mundos dos quais eu só ouvia contar.

Estudar era aquilo; as letras, a professora apontando com a régua cada uma delas e a gente calado prestando atenção.

No recreio, me ofereceram torta e o lugar de estátua numa brincadeira de roda. Eu recusei o pedaço, mas aceitei o papel mesmo que tenha significado ficar imóvel até o terceiro apito do sinal.

Depois desse sacrifício, me tornei popular entre os colegas — uma espécie de troca.

A aula recomeçou, e eu me senti acolhido pela alegria daquele grupo que já transformava minha vida.

Pensava nas letras que formariam as palavras dos livros que eu leria, devolvia os sorrisos que me eram dados.

A escola era um espaço sem segredos onde as coisas explicadas eram ditas em voz alta.

Em tão pouco tempo, eu já sabia da escola, meu lugar de confiança, onde o coração trabalhava alargado sem a prevenção do sentimento.

Quando o sinal marcou o final do dia, guardei minhas coisas e fui sem pressa para o portão de saída.

Na rua, mamãe me acenava com os dois braços, demonstrando uma alegria que eu sabia não existir.

Apertei o andar e, quase correndo, fui ao seu encontro para ganhar o abraço que desde longe ela me mostrava com as mãos.

— E então, meu valente! Como foram tuas conquistas?

— Mãe, a escola é como uma casa! Só que cheia de crianças. Me ofereceram lanche, ensinaram letras e, no meio da roda, fui escolhido para ser estátua. Foi difícil, mas depois que acabou o tempo eu tinha feito amigos.

— Bravo, Pedro! Que orgulho tenho de ti.

Toda a tristeza que sumiu de seu rosto fez de mim naquele momento o motivo preciso da sua felicidade. Uma energia correu quente pelos nossos corpos ainda que só estivéssemos unidos pela mão.

Eu me senti filho, pedaço inseparável da sua história.

...

No dia seguinte, depois de deixar Pedro na escola, volto para casa resoluta sobre a questão Danilo. Minha relação com o menino ganha solidez a cada dia e, à medida que a vida se transforma, reconheço a riqueza da minha escolha.

Quando paro em frente à porta, reparo que entrar e sair fazem parte do mesmo acesso. Não há no meu costume a saída pelos fundos.

É inevitável não pensar qual a emoção que ele sentirá ao saber do filho seu, de traços iguais marcados no sangue que legitima a herança. Os mesmos anéis no cabelo, a planta dos dentes, o talho marcado do rosto.

Aos poucos, a nobreza do meu dissabor vira desforra, preservando, é claro, a veracidade dos meus afetos por Pedro.

Tomada de ânimo, limpo a sala, arejo os quartos, lavo e passo a roupa acumulada no cesto. Depois de um banho morno demorado, derramo pelo corpo uma infusão de lavanda, ainda fresca, colhida no canteiro do quintal.

O espelho reflete meu sorriso de alma, e eu prendo os cabelos com pentes largos de osso. Pinto os olhos de azul, contornando os cílios de preto, como no cinema mudo. Visto um vestido sem alças para realçar o colo adornado por um colar de vidro. Rodo a saia na ponta dos pés, enfio os números de Danilo numa carteirinha estampada e vou direto para a casa de Emília.

— Salve ela! Oxalá o passarinho que tu viste pouse aqui no meu alpendre! Estás esplendorosa Lavínia! Que ares são esses?

— Tomei a resolução de ligar para ele. Decidido está, Emília.

— Certo, filha! É mesmo o que tinhas de fazer. Todos serão melhores depois da tua revelação. Inclusive tu sentirás a leveza no partilhar da educação.

— Não sei, Emília... Vamos ver como receberá a notícia. Não estou tão certa de que vai querer essa tutela. Graças a Deus, Pedro está feliz na escola, e isso me garante o espaço para o planejamento dessa coisa toda.

— Pensei que ias ligar agora, já nesse instante!

— Calma... uma decisão por partes. A principal eu resolvi. Quando, é o que virá a seguir.

— Então esse vestido rodado... deixa-me ver... guardas para o desconhecido do ônibus?

— Não mete ele nessa história de desgosto. Ele é o que está por vir, coberto por tudo aquilo que eu não sei. O vigor da descoberta.

— Vem que eu vou te passar um café enquanto sonhas com teu príncipe robusto!

— Emília!... Para de caçoar do que falo. Esse homem despertou um meu pedaço entorpecido. Isso não te diz nada?

— O que te digo é que não sabes nada sobre ele e que, portanto, pode ser ele uma outra fonte de aborrecimento. Amas o amor, Lavínia!... Me preocupa que venhas a sofrer de novo! Mas esquece... toma teu café e aproveita para experimentar essa receita de pão que eu peguei na revista.

Como o pão doce recheado de creme que ela acabou de assar. Mastigo a massa quente que derrete em minha boca, enquanto penso no tempo. Esse colosso que se mantém estático a observar a decomposição dos objetos e dos seres com suas histórias e sentimentos transformados em poeira sem valor. É isso o tempo: o desacordo com a vida.

O jeito é chamar Danilo para uma conversa. Mas, para isso, é preciso a coragem do telefonema, o risco que envolve a possibilidade de não ser atendida. Monto e desmonto o mistério da sua resposta, como devo agir, para só então revelar o fruto desconhecido da nossa união.

Pedro nasceu escondido, à revelia do seu querer. Uma atitude que, na época, me pareceu a única forma de seguir como senhora do meu próprio texto. Coloquei de pé o menino que, apartado do começo, hoje me assegura o desempenho. Nada do que me arrepender. Tudo o que tornou meu físico roto e acabrunhado excedeu em seguida os limites no dom da vitalidade.

Reconsiderando o tempo, esse demônio, sou uma forte de mim mesma.

Não preciso engrandecer a morte para justificar a mediocridade da vida.

Corto mais um pedaço do pão de trança, enchendo a xícara de café até a borda.

— É isso... não tenho mais motivo para adiar essa ligação. Ela virá como for... não são os dias que vão alterar o seu formato.

— Pois então... é assim que eu acho.

Acabo de comer a merenda, deixo os pratos na pia e vou enérgica telefonar. O momento é o melhor, pois nessa hora da tarde ele deve estar no escritório. O número começa a chamar, e uma voz de mulher atende, cumprindo um protocolo. Digo meu nome e sobrenome sem titubear nem um instante na fala. Intimidada pela minha segurança, a pessoa que talvez fosse a secretária passa direto a ligação. Danilo atende de imediato, e estremeço com o som rouco de sua voz.

— Lavínia? É você?

— Sim, Danilo sou eu.

— Nossa, que surpresa! Se eu te disser que eu tenho pensado em...

— Eu acredito. Como você vai?

— Na prática, tudo bem.

Não importava onde nem com quem ele estivesse, Danilo ainda é meu.

— Preciso muito falar com você.

— À hora que você quiser. Me diga onde e quando.

Desconcertada, procuro as palavras certas que deem conta do meu espanto.

— Amanhã, às três horas, na casa de Dona Emília.

— Certo... estarei lá sem falta. Eu também quero muito...

— Ótimo, Danilo! Então até amanhã.

Coloco o telefone no lugar com a sensação do descompasso entre as nossas expectativas.

A emoção que senti ao falar com ele fazia parte daquela hora perdida sem recomeço, capaz de reverter o meu estado de desengano.

A vida se apresenta. É assim que entendo os caminhos que me são servidos à revelia dos meus sonhos. De uma outra maneira Danilo volta ao meu cenário, mas não ao meu afeto.

É desse desencontro entre desejo e oportunidade que são postas as cartas que determinam a nossa sorte.

Agora ele fala manso, com uma disponibilidade soletrada, incapaz de apagar as luzes e deixar a casa com os passos solapados.

Nasci de um ventre ibérico, mas não cubro o corpo de negro quando o amor que se tem desvanece.

...

Os dias se contam sem mim. Pouca coisa eu tenho feito desde aquela jornada. Voltei modificado, isso era certo. Mas a apatia me fixa o costume da banqueta em frente à janela.

As pessoas entretidas saem de suas casas logo cedo e, num gesto automático, me cumprimentam como se a minha presença naquele lugar já fosse um fato. Não que isso me incomode, porém a confirmação mecânica me sublinha a proporção do hábito.

O conforto anterior do claustro começa a produzir o incômodo necessário que mobiliza a vontade de mudança. Dei inicio a uma série de faltas, desde as prosas de Laurindo, sempre aumentando um ponto ou dois nos seus feitos, até a lambança gordurenta do cardápio.

É impossível deixar a rua Pontal se esvair como lembrança envelhecida que a gente teima que não aconteceu.

Mais à frente na semana, procuro o cartão que o motorista me deu. Agendo uma corrida para às sete da manhã do outro dia, sem direção exata. É com essa fala que eu consigo me colocar dentro do carro.

Laurindo me recebe com festa, e logo vou dizendo que vamos dar uma volta com o roteiro em aberto.

Passeamos por espaços queridos, guardados dentro daquilo que eu tenho de melhor. Rodamos a universidade, as construções que não existem mais. Constato a expansão de uma cidade que nada tem a ver com a minha. Um saudosismo misturado com poesia longe e desencaixado dos capacetes coloridos pendurados pelos andaimes que modificam a trajetória da arquitetura.

Volto para casa durante a tarde, trazendo comigo a certeza da rua Pontal agendada numa corrida para a manhã seguinte.

Não são ainda sete horas, e Laurindo estaciona o carro bem diante do meu portão. Desce, acende um cigarro e fica observando a casa nas suas minúcias. Anda de um lado para outro, agachando as pernas para ver se enxerga o que há por trás do alto portal de madeira.

Sem perceber minha presença no vão da janela, continua sua investigação, crente de que descobriria um mistério.

Sorrio com carinho da maneira curiosa daquele bom homem que, um tanto intrigado, não para de especular. Saio na hora marcada e dou com Laurindo sentado no capô do carro.

Com um impulso, ele desce na calçada, com a boca larga de dentes pequenos sempre pronta para a simpatia.

Nos cumprimentamos com um forte aperto de mão para depois entrar no carro.

— Segue para a rua Pontal.

Laurindo vira o rosto, surpreso com minha determinação. Faz que sim com a cabeça, com um ar desconfiado.

— E pra já, doutor!

O carro roda com o rádio desligado e sem nenhum tipo de conversa.

Eu penso minhas ideias de aproximação. Enrolo e desenrolo um elenco de atitudes. O motorista parece distante, preocupado com alguma questão pessoal. Por conta disso, a mudez fica ali instalada como uma terceira pessoa que coordena o tema.

...

Com uma emoção tranquila, aguardo a hora do encontro com Danilo. Imagino a reação de Pedro quando reconhecer a semelhança dos traços do pai. Não será preciso uma palavra sequer. Basta colocar um na frente do outro.

Com a cara lavada, solto os cabelos e começo a vestir a roupa esticada na mesa do quarto. Uma saia cinza abotoa a cintura, prendendo uma blusa de linho preta. O espírito não é de festa. Na minha calma há um luto. O filho, cria do amor de adoração por aquele homem, estava morto junto com o sentimento dele.

Pedro é outro filho, outra história. Pedro é a escolha. A afeição que cresce devagar na descoberta do gesto. O sono sereno, o apetite embaçado remexido nas voltas da colher. Muitas horas de conversas desenhadas nos papeis de modelagem. Uma conquista de mares para além dos continentes. Um filho tem de pegar no começo, antes do tempo criar.

O instante do encontro custa a chegar, embora eu me ocupe das mais variadas tarefas para isso não perceber.

Não farei rodeios. Entregarei de chofre a paternidade nas mãos de Danilo.

Assim, traço uma série de rascunhos do que talvez seja o jeito que, na hora, eu não saberei ter.

Passa do meio-dia quando chego à casa de Emília. Preciso do tempo para assimilar a sala, a disposição dos lugares em que se dará a conversa. Um planejamento necessário para que eu sinta nas palavras seguras a linha certa para conduzir a entrega.

Emília vem lá de fora enxugando a testa no avental.

— Fizeste bem de vir mais cedo! É sempre bom já estarmos no lugar marcado. Evita a chegada esbaforida de quem se atrasa.

— Confesso meu coração apertado.

— Pudera, filha! Te encontrarás, em primeiro lugar, com teu amor partido. Depois com o homem que te deu no mundo o destino de mãe.

— Ah, Emília! Tu e o drama de tuas frases!

— E não é disso que é? Pega todos aqueles livros que a tua mãe te deixou e lê nas histórias os teus próprios sentimentos escritos no papel. Não são minhas as palavras que dramatizam a vida. Tudo está nos livros. As dores, os feitos, as alegrias trazidas. Aonde quer que tu vás alguém lá já esteve. Somos o campo aberto das repetições.

As palavras de Emília cortam o meu corpo num ato simbólico. Ali está a possibilidade que eu tenho de mudar o meu início. Com o respeito ao meu limite pintado num rosto em branco em que eu posso escolher o contorno que terá.

— Então agora vou para a tua casa e fico lá até dar a hora de pegar Pedro na escola. Ficas assim à vontade. Se quiseres comer algo, tem comida pronta na panela.

— O que seria de mim sem o teu zelo!

— Qual nada, filha! Tu é que precisas saber a força que tens.

Falta um quarto para as três quando Danilo toca a campainha. Posso vê-lo por entre as grades azinhavradas do portão.

Mais magro, com os cabelos levemente grisalhos, ele quase nada mudou. Aguardo um pouco e, serenamente, caminho pelo corredor até chegar à entrada. Conforme eu me aproximo, nossos olhos vazam as grades sem o estranhamento imposto pelas separações. Abro o trinco com intimidade e vou logo estendendo a mão de maneira cordial. Ao mesmo tempo em que ele acolhe a minha saudação com a mão direita, aperta com firmeza o meu pulso com a esquerda.

— Lavínia! Meu Deus...

— Como vai, Danilo! Vamos entrar.

— Cheguei muito cedo?

— Não... chegou bem na hora.

Entramos, e eu aponto a cadeira onde ele deve se sentar. Sento-me na frente dele e ficamos assim separados pela mesa redonda.

— Então, há quanto tempo...
— Tenho muito para lhe falar, Lavínia! Aquela noite quando você saiu...
— Aquela noite quando eu voltei e você tinha partido... as coisas se modificaram. Ali no quarto sem os teus pertences, do amor ficou o hálito amargo da boca e o filho que tu me fizeste no ventre.
— Filho? Você não tirou... você disse que ia.... você teve...
— Sim... nós temos um filho, Danilo.
— Eu tenho um filho que eu nunca soube?
— Sim.
— Isso só pode ser loucura! Você não faria isso...
— Sim, eu fiz. É um menino. Chama-se Pedro, o teu filho.
— Quantos anos tem agora?
— Seis.

O homem chora com as mãos entranhadas nos cabelos. Depois, com a voz entrecortada de soluço, se maldiz do caminho que escolheu.

— Te procurei porque o menino perguntou por ti.
— E o que você disse?
— Que iria te procurar. Ele nada sabe da tua vinda, parece que esqueceu do assunto. Agora só pensa na escola...

No meio do choro, Danilo sorri, esfrega o nariz falando baixinho o nome de Pedro.

— Como vai ser? Quero vê-lo agora, já... Lavínia, por favor...
— Vais encontrar teu filho, mas antes tenho de contar a ele.

Aos poucos, Danilo vai se acalmando, até sentar na mesma cadeira.

Ficamos em silêncio sem vontade de falar.

Quando o carrilhão toca, o movimento suspenso da casa vai voltando ao seu lugar.

— Vou te procurar novamente e, dessa vez, Pedro estará também.

— Eu queria saber um pouco dele...
— É um bom menino... bem inteligente.
— Parece comigo?
— Verás!

Danilo mal se contém. Vai embora porque não tem outro jeito. Eu me sinto segura, aplacada da mágoa que tinha guardado. Já não sofro mais o tormento do desejo, o que coloca a situação num contexto confortável.

Deixo a chave do portão embaixo do capacho e vou para casa satisfeita com o desfecho das coisas. Quando entro, Pedro ainda não chegou, o que garante um tempo de reflexão sobre uma mistura fresca de emoções deslocadas dentro de mim.

Fico com os dizeres de Emília gravados. Os livros de minha mãe.

Por preguiça ou não sei quê, coloquei todos eles de enfeite num armário de cedro com portas de vidro talhado no estilo português.

Fecho os olhos e pego um volume sem saber qual. Veio-me as mãos *A Relíquia*. Um livro da literatura lusa que assim começa:

"Decidi compor, nos vagares desse Verão, na minha quinta do Mosteiro (antigo solar dos condes de Lindoso), as memórias da minha Vida".

Fixo os olhos na palavra vida, que o autor escreve com V grande, para evidenciar a dimensão. Coloco o volume sobre a mesa onde eu posso olhar de longe, sentada no sofá.

Não está em mim ler a história, mas a surpresa provocada pela palavra destacada pela inicial atordoa minhas lembranças para muito longe do que eu sou ali.

O meu sentimento por Danilo é sem partes, diáfano, vago. Mesmo que todas as pontas possam agora se cruzar não há em mim a abertura necessária para o bem querer.

Levarei Pedro até o pai, mas não estenderei a cena para além disso.

As palavras e a força que se desprende delas. A palavra é do homem, diferente dos números, construtores das formas do universo.

Emília abre a porta, e Pedro, espremendo a vizinha no batente, entra feito um ciclone se jogando em cima de mim no sofá. Então, eu desligo o dia, deixando *A Relíquia* guardada dentro da palavra vida.

. . .

Logo que o carro entra no quarteirão da vila, peço a Laurindo que me deixe na banca de jornal.

— O doutor não vai querer que espere?

— Não, obrigado, Laurindo. — Respondo, prendendo um dinheiro graúdo no elástico dos seus documentos.

— Nossa, doutor!... Quanta gentileza!

— Nos falamos, Laurindo.

Desço rapidamente para evitar comentários. A banca fica a uma distância curta da rua, é praticamente na esquina. Tanto que, se eu ficar do lado direito, onde estão as revistas, dá para ver perfeitamente o número 48.

Compro um jornal para assegurar o posto que, dali em diante, passarei a ocupar. Logo vou percebendo que ficar ali parado na leitura de um diário não pode ter duração. Além do cansaço firmado pelas pernas, nada justifica um longo tempo na mesma posição.

Enfio o jornal embaixo do braço e entro na vila mantendo um ar distraído. É quando meu olhar bate numa placa pregada num tapume que fecha uma pequena faixa de um terreno vazio.

Alugam-se. Corrijo mentalmente a conjugação enquanto me aproximo do local.

O mato crescido rodeia um maquinário ferrugento que inclui um antigo trator. Apesar de contar umas cinco casas do 48, aquele me parece um achado imperdível. É perfeito o espaço para que eu me instale. De lá acompanharei a rotina dela até o momento oportuno de me apresentar. E quando chovesse? Besteira! Isso não será problema. Uma cadeira de armar junto com um guarda-chuva resolverão a situação. Além do mais, seria por muito pouco tempo.

Guardo de cabeça o número escrito no meio da tabuleta e saio procurando um bar ou uma farmácia onde eu pudesse telefonar.

Acabo por fazer a ligação numa loja de aviamentos na rua de cima.

Explico meu interesse para um senhor que, animado, atende o telefone. Falamos da quantia do aluguel, que de caro não tinha nada.

Deixo clara a minha urgência no fechamento do contrato mas, para meu espanto, o homem se dispõe a locar pelo fio da palavra.

— Olha, moço, eu não gosto de papelada. Minhas coisas eu resolvo na palavra de honra.

Fico desconfiado, porém, pela emergência em que eu me encontro, decido fechar o negócio.

Nem eu nem ele tínhamos falado nossos nomes, o que mostrava que a pressa não é só minha.

— Como é que o senhor chama mesmo?

— Walter e o senhor?

— Matheus. Bom, de qualquer forma temos que nos encontrar. Eu para entregar um adiantado do aluguel e o senhor para me entregar a chave do cadeado que fecha a corrente.

— Seu Matheus, a chave fica com o Moacir da banca, e o aluguel o senhor entrega para ele, no dia quinze de todo mês. É meu homem de confiança, afora ser uma espécie de vigia.

Pela familiaridade com o jornaleiro, deduzo que Seu Walter faz parte do bairro. Não falou mais nada, sequer perguntou para quê eu estava alugando o terreno. Achando tudo muito esquisito, saio da loja e vou direto para a banca do tal Moacir. Falo da chave e também da curiosa forma como selamos o acordo.

Moacir diz que o homem é uma espécie de excêntrico muito rico, dono de quase todas as casas do bairro. Em seguida, olha para o lado, fazendo uma expressão com a boca como quem insinua algum tipo de trambique.

A facilidade com que os acontecimentos fluem desperta meu ânimo para aquela agradável empreitada que começo a realizar.

Puxo a corrente, destrancando o cadeado com uma chavinha escura.

Entro no terreno, ajeitando o tapume numa posição de olhar estratégica. Consigo ver plenamente o número 48 e mais as casas vizinhas a ele. Estou no mesmo lugar, só mudei o tipo de janela.

Já é final da tarde quando as luzes da casa se acendem para iluminar a saída de uma senhora de idade avançada com um xale cruzado em volta do peito. Não consigo enxergar nada além disso; só sei que a mulher fala bem alto, com um sotaque apertado como em Portugal. A senhora parada na calçada fala para a porta entreaberta, onde ela provavelmente escuta fora do meu alcance de visão.

A portuguesa atravessa a rua e entra em casa.

No momento em que a porta fecha, vou para o outro lado da rua, pronto para entender as acomodações da vizinha.

Bem maior do que a outra, a construção traz um jardinzinho frontal cercado de vasos. Na lateral, um corredor comprido leva, no meu palpite, à porta de entrada coberta por um telhado que parece ser de madeira. Um lampião pendurado arde uma luz amarela intensa que chega a incomodar a vista.

Ela, um menino, uma senhora e mais o homem da banca de jornal modelam agora o meu pedaço de mundo. Não cometerei o equívoco das comparações que pretendem amortecer a força bruta do sentir.

A noite se faz presente, e o terreno sem luz fica sinistro com seus esqueletos de ferro. Fecho a corrente, encerrando o expediente, grato pela sorte que me havia incluído novamente um sentido de vida.

Rasgo a tabuleta ao meio e, entretido com as metades, vou andando para a avenida à procura de um táxi.

No caminho penso nos horários possíveis para a minha chegada, sem ser visto por ninguém. De manhã muito cedo parece a melhor solução.

Pela própria experiência, sei que, para que ninguém me veja, preciso ser rápido no passo e ágil com a corrente. Deixarei a cadeira e o guarda-chuva em definitivo no lugar e, quando anoitecer, protegerei os dois objetos embaixo do trator. Pronto! O que mais falta?

Acordo disposto, tomado de garra para o meu novo começo.

O horário acertado marca o sucesso do meu planejamento.

É ainda muito cedo, e eu já estou sentado numa cadeira dobrável de nylon. Ao lado, o guarda-chuva, uma sacola de feira com alguns livros envoltos num plástico, um radinho de pilha e um farnel compõem as minhas provisões.

A céu aberto, o pensamento eleva a consciência da solidão que há em existir. Cerro os olhos como um método para exortar a loucura capaz da ousadia dedurada pela razão.

Louco sou eu de montar guarda por um motivo que pode não passar de uma ilusão abissal.

Loucos são todos aqueles que desmerecem seus mais insanos propósitos a fim de lustrar um bom-senso.

Respiro fundo e prendo o ar exalado de mato que começa a desprender da terra aquecida de sol.

...

O final daquela semana vem com a mesma luz inclinada de todos os outros outonos. Aproveito a moleza da cama, já que

Pedro dorme exaurido pelo aluvião de informações aprendidas na escola.

Preciso saber uma forma de juntar Danilo ao filho, sem que isso invada o menino. A conquista ficará por conta dos dois.

Espero ele acordar, com os ingredientes do mingau despejados na panelinha. Com o espírito leve e o cabelo felpudo do sono, Pedro surge na cozinha um tempo depois.

— Dormiste feito uma rocha!

— Mãe, hoje não tem escola?

— Não! E se quiseres vamos num passeio. Tem uma fita de desenho passando no cine Esmeralda. Que te parece?

A criança faz que sim com a cabeça e continua a amassar o mingau no fundo do prato.

Engulo em seco, sentindo ser aquele o momento oportuno.

— Lembras que outro dia perguntaste por teu pai?

Ele faz que sim novamente sem lançar uma palavra.

— O que achas de qualquer dia chamarmos ele para uma visita?

Pedro fica parado no olhar e, segurando a colher como um punhal, murmura:

— Aqui?

— É! Não é aqui que é a tua casa?

— Sim — ele responde, emudecido.

— Então... queres ou não queres?

Alguns minutos de silêncio alegram sua boquinha esbranquiçada de aveia. Firme, empertigado no banco o menino decreta um sonoro "Quero".

— Pois bem, hoje no nosso passeio combinaremos como fazer.

Com mais um aceno assertivo, fechamos a primeira parte do nosso trato.

— Voltando ao cinema, pegaremos a primeira sessão da matinê.

Às duas me parece ideal. Assistiremos ao filme e ainda sobra uma boa parte da tarde para tomar um lanche.

...

Usufruo do tempo que me oferecem como recompensa. Um tempo que se manifesta sólido quando não se tem outra coisa a fazer senão esperar.

Os outros vizinhos, tirando a senhora estrangeira, ainda permanecem para mim desconhecidos mesmo que eu possa ver o movimento das venezianas que se abrem ao começo de mais um dia.

O tapume divide o que é da possibilidade de vir a ser.

Eu ali recostado na cadeira aguardo a manifestação do ímpeto que me conduzirá à realização de uma atitude de verdade.

Do outro lado, a rua calma me enfeitiça, sinuosa, disposta a um bote que de uma vez só me engolirá com todos os pedaços.

A manhã passa vazia, sem nenhum sinal desejado.

Abro o farnel e faço meu lanche, mastigando desanimado a falta de novidades desse primeiro tempo.

A digestão me amolece num cochilo imperativo.

Acordo sobressaltado, com um vozerio vindo da rua transversal, parecendo briga. Não dá para ver nada de dentro do terreno, só consigo escutar os insultos exaltados da discussão. Aos poucos o bate-boca vai diminuindo até sumir completamente.

Acabo de abrir um livro quando ouço o barulho da janela do 48.

Largo o livro na sacola e arregalo o olho atento à menor informação.

Algum tempo depois, a porta se abre e o menino pula na calçada. Em seguida, ela sai trancando a porta da casa. Atravessa a rua e diz qualquer coisa para a portuguesa que devia estar no jardim.

Depois pega a criança pela mão e vem andando no meu sentido.

Embora me saiba protegido pela madeira, sinto-me descoberto com a fragilidade a pôr rachaduras ao longo dos ossos.

Cada vez mais sua figura ganha foco. Olho o tempo do seu rosto, seus cabelos, seu corpo esguio com o jeito jovem de levar o filho na brincadeira. O menino, que não se parece com ela, anda solto com os braços abertos pelo meio fio, imitando o cordão do equilibrista. Ela aplaude a cena com a seriedade de um número que é feito dentro de um palco. Os dois eram juntos, isso não havia dúvida.

Ela vai se aproximando até passar rente ao tapume. Chego até a sentir o mesmo perfume concentrado de lavanda.

Uma fração a mais, e eu ainda consigo ver quando os dois viram a esquina da banca de jornal.

Ando em volta do terreno, respirando fundo para acalmar a ansiedade causada pela ocasião.

O amor é o que comemos com os olhos, a gula dos sentimentos que desconhecemos.

. . .

Desde que soube do pai, Pedro perdeu o sossego.

Sabia, de uma maneira confusa, que a chegada de uma outra pessoa, ainda que fosse o pai tão ansiado, transformaria a rotina conseguida depois de muito tempo.

O pai viria por uma vontade sua, atendida pela mãe numa pressa que ele não esperava. Sentia Lavínia animada nas tarefas, disposta no trato com os outros e para ele totalmente disponível.

Não ter pai já era um costume. Como seria ter que viver de outro jeito?

Um pai, como todos na escola. Já havia sonhado tantas noites com a figura desse homem, que agora de tão perto dava medo de saber como ele era.

Mas o medo não era do pai. O medo imenso de Pedro era que a mãe voltasse àquela distância que marcou o começo dos dois.

A casa triste de silêncios, o cuidado vazio na criação.

O pai ocultado num segredo que se pode guardar dentro das páginas de um livro. As capas verdes, os volumes, a estante, a loja, se misturavam com seu medo.

Agora não tinha como. A curiosidade que rasgara o sigilo não voltaria no tempo.

— Em que pensas para estar em silêncio como numa igreja? Nem parece que estamos indo ver o teu desenho predileto!

Pedro, num esforço gigantesco, deu um sorriso, contando que pensava na escola e em todos os amigos que lá fizera.

— Se não queres falar o que é, não fala. Mas sabes que não gosto quando tu inventas o que não é. Tens a carinha fechada e isso não é da escola!

Apertou a mão da mãe para dar a coragem da fala.

— Mãe, como é meu pai?

— Não sei mais, Pedro. Aliás, acho que nunca soube.

Depois, arrependida da resposta amarga para o filho, Lavínia acrescentou:

— Mas que foi tomado de alegria quando soube de ti... Ah, isso foi! Queria te ver na mesma hora! Só não pôde porque estavas na escola!

— Mãe, o que pode acontecer quando eu conhecer ele?

— Como assim? Acontecer o que? O que queres saber?

— E se ele quiser morar com a gente?

— Ah! Essa é boa! Tira essa ideia da cabeça, menino! Teu pai já fez uma família. Tem uma esposa e um filho de adoção.

— Então eu tenho uma outra família?

— Para com graça, Pedro! Tua família sou eu e Dona Emília que te pôs no mundo. Teu pai não esperou teu nascimento e não estava lá quando chegaste. Pode ser?!

Lavínia sentiu um ponto de angústia pela possibilidade levantada por Pedro. E se Danilo quisesse dividir a guarda? Não...

— É possível que teu pai queira sair contigo, fazer passeios, essas coisas. Assim já fica preparado, que vais sozinho com ele. Será uma coisa tua e dele.

— Mãe, eu posso não gostar do meu pai?

— Não pense nisso! Primeiro tens de te encontrar com ele. Depois é que o teu coração vai falar.

Compraram algumas broas para adoçicar o jantar de Dona Emília.

Muito mais aliviados pelo quadro montado da estratégia, tomaram o caminho de volta para casa.

O final da tarde alaranjava o céu e as copas das poucas árvores plantadas pelo bairro.

...

Sem a concentração suficiente para embarcar na leitura, meu pensamento escapa por entre as árias tocadas de uma opereta.

Não posso deixar de assistir à minha cena isento das comparações de quem pontua a própria vida dentro de uma formalidade prosaica. Nasci, estudei, casei, fiquei só com todos os lados de um saber adquirido. Passado e presente se desconhecem nesse trecho desapegado da vida.

Eu sou por instinto, pelo puro desejo de querer aquela mulher. Sinto um imenso prazer em não mais julgar o propósito das minhas vontades.

Um guarda-chuva, uma cadeira, livros, um radinho formam agora o meu círculo da liberdade que o tempo me oferece.

Bendito o tempo, bem-aventurado o desapego que legitima todo o grotesco recalcado das ações de que desistimos.

As horas que ficam soltas entre uma aparição e outra desenvolvem em mim uma mecânica avançada em cima de cada arranjo que consigo montar com as minhas antigas ideias.

Tenho o tempo que vivi. O dramático não implica uma forçosa mudança, mas exatamente a impossibilidade dela.

A melancolia estagnada da repetição.

No meio do meu raciocínio, a sonoridade do menino afugenta a minha mania de matutar.

Largo os livros para poder olhar a passagem dos dois que aumentam de tamanho com a proximidade. Quando chega em frente ao tapume, ela para, estranhando o som da opereta que, na pressa, eu esqueço de abaixar.

— Ouve só, Pedro! Essa música está vindo do terreno vazio.

...

Lavínia começou a espiar as frestas, enquanto Matheus, já no fundo com as tralhas, se escondia atrás do maquinário enferrujado. Ela balançou a corrente para tentar sem êxito abrir o portão.

— Não consigo ver direito, mas acho que é um rádio. Será que o Walter esqueceu o aparelho aí? Passa a ser estranho, pois faz mais de ano que ele não aparece por aqui! E o mais bizarro é que o fecho da corrente está posto pelo lado de dentro. Como pode?

— Chega mãe... a gente vai ou não vai na casa da Dona Emília comer broa?

— Comer não...vamos levar os pães para que ela coma no jantar.

Lavínia continuou andando para a casa da vizinha, intrigada com aquela música que de mistério tocava sozinha no rádio abandonado.

Enquanto Emília dava uma dentada na broa, Lavínia colocava mais dois pratos na mesa.

— Sabe de uma, Emília? Ainda agora voltando do cinema ouvi uma música vindo do terreno baldio.

— Como música? Alguém cantando?

— Não... tocada! Uma música sem voz. Tentei saber de onde

vinha, mas o máximo que eu entendi do som é que me pareceu de um rádio.

— Ora essa, um rádio que toca sem ninguém para ligar, toca sozinho?

— Claro que não, Emília! Alguém deixou a música ligada. Mas o que mais me mordeu foi a corrente fechada com o cadeado por dentro.

— Ah! Então era o Walter ou algum dos funcionários dele. Vai ver que estavam varrendo o terreno, cortando o mato para a visita de um comprador.

— O Walter não acho... um funcionário na limpeza fica mais provável.

— O que te altera ter ou não ter alguma pessoa nesse terreno que ninguém decide?

— Nada... é bobagem minha.

Os três começaram o jantar, comendo o famigerado cozido da portuguesa. Em questão de segundos ninguém mais lembrava do terreno nem de sua música enigmática.

Depois que Pedro adormeceu no quarto de Dona Emília, as vizinhas começaram a conversar num volume de confissão.

— Já falei com o menino e acertamos chamar Danilo para um lanche lá em casa.

— Bom... bom, é o correto a ser feito. Como ele está sentindo o pai?

— Com o sentimento partido em dois pedaços. Por um, ele quer aquele pai com que vive sonhando. Por outro, tem medo de acordar e Danilo não estar no lugar que ele sonhou.

— Sabes que sou contra qualquer tipo de fantasia. Então acaba logo com esses sonhos do garoto para que ele não sofra mais do já sofreu.

— Essa é boa! Até parece que sou eu agora a culpada do que virá desse encontro.

— Não disse isso, filha! Mas tens que pensar que o menino tem uma história íngreme e que, por isso mesmo, pode ser poupado de idealizar.
— Tens razão nos teus ditos. Não deixarei que meu filho crie mundos onde não possa viver.
— É importante que ligues quando ele não estiver, pois nunca sabemos qual será a fala do outro lado.
— Temos uma semana de preparo, pois vou marcar a vinda para sábado.
— Ligas daqui na segunda, depois de deixares a criança na escola. Agora, vai para casa que Pedro do jeito que dorme nem vai sentir a troca da cama.

Lavínia saiu da casa de Emília com o menino nos braços. Abriu a porta, colocou Pedro na cama sem tempo de acordá-lo para escovar os dentes.

Fechou a luz do abajur e foi até a porta olhar para o terreno. Teve vontade de ir até lá para saber se ainda havia música tocando. Mas já era tarde e, além do mais, de que lhe valia ter ou não alguém na propriedade do Walter? Sendo assim, guardou para si a curiosidade que estranhamente sentia aguçada.

...

Me ajeito nas rodas do trator. Já faz horas que ela saiu do tapume, mas o medo de ser descoberto cristaliza meu corpo na mesma posição.

Aquilo não dará certo. Deixarei de vir até as coisas esfriarem e ela, distraída nos seus afazeres, esqueça daquele episódio.

Mas, pensando prático, é preciso sair dali, pois já é tarde e estou exaurido.

Com muita dificuldade, junto quase tudo, deixando apenas a cadeira e o guarda- chuva.

Saio curvado, com a sensação de que assim, ficando menor, seria menos visto. Com a alça da sacola apertada pela mão, viro rápido a esquina à procura de um táxi ou de qualquer meio que me transporte daquele dia retesado para bem longe da rua Pontal.

Volto para casa num ritmo outro. Acelerado pelo suspense da narrativa que havia inventado.

Remexo nas gavetas as minhas coisas deixadas em repouso por um longo tempo de negação. Leio bilhetes, cartas e alguns trabalhos difíceis se desfazer. Ali, o meu modo de ser durante muitos anos é relido sem julgamento.

Manuseio os objetos esmaecidos na ação desse tempo que a gente não vê, mas conta como mudança na estrutura própria da pele.

Dentro de casa, eu me sinto como muitos que envelhecem no lamento do desgaste cotidiano. Me olho Matheus, professor renomado, homem afogado nas mesmas manias fartas de critérios e conceitos.

Espalho as fotos e os papéis pelo chão numa geografia de caos. Eu de vários tempos, junto com pessoas que não mais existem, formam o panorama perfeito para o recolhimento.

Os amigos, a família sem irmãos, os amores, as desavenças. Tudo junto, como num mapa que separa os estados por um traço forte.

Por tão pouco tempo e meu corpo já prova da falta do céu aberto possível ao sem limite de tantas suposições.

Lá, eu sou sem a sombra que sentencia as limitações de ser óbvio.

Vou guardando cada pedaço de imagem, sem misturar com as partes escritas.

O ar da madrugada traz uma chuva pesada, capaz de lavar os laivos de nostalgia postos de novo na gaveta.

Quando acordo, a manhã está escura e a chuva canta dentro da calha como o fluxo de um riacho. Com o clima daquele jeito fica complicada a permanência no terreno.

Porém, eu já não sei mais não ir à rua Pontal.

Fico tentado a chamar Laurindo para uma volta pelos arredores do bairro. Mas a verdade da minha hesitação consiste em não querer mais testemunhas.

Me arrumo, vaidoso, pego o ônibus e, apesar da chuva, resolvo dar força ao que tenho de melhor.

No trajeto, lembro o começo e o rumo que aquele encontro faz da minha vida. Salto dois pontos antes, só para poder aprender o bairro e seus moradores recolhidos pela chuva daquele domingo.

Paro na banca do Moacir que, muito caloroso, pergunta sobre o terreno como se fosse a primeira vez que eu estivesse voltando a ele.

— E então? Já tem ideia do que fazer com o lugar?

— Bem, a minha intenção é guardar um material de construção que tem tomado muito espaço onde eu moro.

— Ah! O senhor constrói?

— Não é bem assim. Eu reformo alguns lugares para depois alugar. Uma forma de ganhar um dinheirinho.

— Eu sei, Seu Walter mesmo às vezes também faz esse tipo de negócio. Dá dinheiro?

— Não posso reclamar.

Estou surpreso com a desfaçatez com que menti o meu intento. E como é sempre mais fácil repetir o que já se fez, continuo a representação.

— Hoje só vim mesmo dar umas voltas, tomar um café e até quem sabe arriscar um almoço ali no italiano.

A conversa sai naturalmente, como da boca de um outro. Nativo no lugar com a presença de espírito pronta aos códigos estabelecidos por aquele grupo.

— Mas o senhor não é do bairro...

— Tira esse senhor, Moacir. Não... mas sou daqui de perto, do Cangaí.

— Ah! Do Cangaí!

Falo de um bairro que só sei pela placa do ônibus como se lá vivesse toda uma vida. Nada do que eu digo faltava com a verdade. Eu já sou aquele de quem eu falo.

— Você sempre abre a banca aos domingos?

— Sempre! E é o meu melhor dia. Muita revista, muito gibi e bastante jornal.

— Aquela senhora que mora ali é portuguesa?

— Quem, a Dona Emília? Uma autêntica nativa de Sintra! Ela é o patrimônio do bairro. Os pais dela foram os primeiros a chegar por aqui. Eles e a família da Lavínia, a moça que mora na casa ao lado.

Numa tacada me é dito o seu nome e a origem que trazia a força dos cabelos.

— A moça tem um menino, não é?

— Aquela ali é complicada. Quando os pais morreram, ela ficou praticamente por conta da portuguesa, o que é assim até hoje. Depois um tal de Danilo veio viver com ela nessa casa. O sujeito até que era boa praça. Mas depois que ela engravidou ele se mandou e nunca mais apareceu. Acho que nem sabe do filho. A mulher quase morreu de desgosto e passou a rejeitar a criança. Durante um bom tempo, o caso era o assunto do dia. Daí o garoto foi crescendo, pegando graça e desde então parece que a convivência deles melhorou muito... parece!

— Então ela vive só com o menino?

— É, só ela e o Pedro vivem na casa. Mas a gente diz que a Dona Emília mora junto por tabela.

— E os outros moradores da rua?

Deixo que Moacir fale de cada um para, assim, diluir meu

interesse em tantas perguntas.

A chuva parou totalmente quando entro na cantina para almoçar. Um lugar simples, aconchegante, de poucos lugares e belos embutidos pendurados como fitas.

Peço o vinho da casa que me é servido numa jarra rústica de cerâmica. Não há diversidade de escolha. O dono é quem cozinha, e somente um prato por dia.

O aroma que vem da cozinha abre o apetite, e a sensação de conforto que eu sinto ao me ver abraçado por aquele personagem que leva agora a minha assinatura.

Não sou olhado como um forasteiro, pelo contrário, todos ao redor do balcão me incluem no jogo de roda da conversa.

O favoritismo dos times, a estiagem do tempo, a dureza do batente de cada dia.

E saboreio a massa com grandes e quentes goles de vinho. Rio alto, falo junto com eles e limpo a boca vermelha de tomate no guardanapo de papel. Tomo os sentimentos como pertences que se acolhem no aperto dos braços de encontro ao peito.

Se felicidade é ser em máxima potência, a felicidade era ali no meio da mais genuína sabedoria.

...

Lavínia e Pedro esperavam que o início da semana aliviasse a tensão que antecedia a hora de ligar para Danilo.

A escola parecia imensa, e os risos e as brincadeiras ficaram para depois. Quieto e solitário, o menino ficou sem prestar atenção em nada que não fosse a preocupação com o pai.

Socou o lanche no fundo da lancheira junto com a irritação de não poder participar do convite. Ficou sentado atrás de um banco, onde não podia ser visto e nem perguntado. Solto no horário por não saber ver as horas, contava o tempo nas marcações dadas pelo sinal, o que só aumentava a sua aflição para o término das aulas.

Já em casa, Lavínia tinha o coração tranquilo, confiante na ligação que faria para Danilo. Sabia que a sorte agora lhe dava a proteção necessária para reivindicar Pedro.

Faria o telefonema de casa, sem precisar recorrer à vizinha. Além disso lhe parecia importante escutar as explicações caladas durante todos aqueles anos.

O filho valia ter sua história contada sem as partes em branco.

Resolveu, então, ligar para ele e marcar um encontro a sós, que antecederia o sábado com Pedro.

Ligou para Danilo que, animado, aceitou de imediato os dois convites.

Para a manhã seguinte, ficou marcada a conversa que teriam sem o menino e, no sábado, o lanche acertado na parte da tarde.

Não contaria nada para ninguém, por entender que aquele assunto era numa totalidade seu.

Portanto, sem que ela soubesse, o destino colocava de uma só vez a seu lado os dois homens que marcavam o seu desejo.

Como as folhas que ficam verdes depois da secura do outono, as águas daquela mulher começaram a verdejar com exuberância a sua energia.

Com tudo combinado, Lavínia acabou de arrumar a casa sem pensar muito em como seria seu segundo encontro com Danilo.

Enquanto batia o pó das almofadas na janela lembrou da música que saía do terreno vazio. Recolocou as almofadas no sofá, abriu a porta e foi conferir o que havia acontecido com a tal música.

Para seu grande espanto, o cadeado fechava a corrente pelo lado de fora e as poucas frestas que havia estavam preenchidas por uma massa que parecia uma mistura de jornal com pano.

Achando aquilo muito curioso, foi até a banca perguntar ao Moacir se ele sabia de alguma coisa sobre assunto.

81

— Olá, Moacir! Que bom a chuva ter dado uma trégua, não é?

— Nem diga, Lavínia! Eu fiquei com medo de entrar água e estragar alguma coisa!

— Mas nada houve, pois não?

— Graças a Deus aqui dentro ficou tudo seco! Vai querer o jornal hoje?

— Não, obrigada, sempre pego o de Dona Emília. O que eu queria perguntar para você é sobre o terreno do Walter.

— O que é que tem o terreno do Walter?

— Pois é Moacir... sábado mesmo, voltando com Pedro do cinema eu ouvi uma música tocando lá dentro. E foi curioso porque não dava para ver ninguém pela fresta embora o cadeado estivesse trancado pelo lado de dentro.

— Bom o que eu posso dizer é que o terreno está alugado para um homem que tem um jeito discreto e me contou que vai fazer uso do local para guardar material de construção. Ele reforma casas para depois ganhar em cima. Foi isso que eu entendi. Ontem mesmo ele veio aqui, conversamos um bom tempo e depois ele foi almoçar na cantina.

— Ah... então está explicado! Tem gente usando o espaço! Devia ser o tal homem que ouvia o rádio.

— Isso não sei, porque sábado acho que ele não veio. Toda vez que ele vem sempre passa aqui compra o jornal e puxa conversa... Mas quem sabe ele veio e eu não vi, né não?

— De qualquer modo quem esteve lá tapou as frestas com um troço que parece jornal ou pano. Bom! Deixa para lá! É pura curiosidade. Até mais, Moacir, tenha um bom dia!

— Até, Lavínia!

A moça desceu a rua para a casa de Dona Emília, sem estar convencida da explicação. Alguma interrogação martelava sua cabeça sem fazer sentido.

Entrou na casa da vizinha sem comentar nada sobre nenhum

dos assuntos que ocuparam a sua manhã. Tomou um gole do café frio que havia sobrado no bule. A portuguesa, indignada, se prontificou a fazer um fresco para acompanhar o resto da broa.

— Tomar do café frio em minha cozinha é desfeita! Se queres praticar essa heresia vai fazê-la em tua casa!

— Que exagero, quanto drama... pois fica sabendo que gosto muito de tomá-lo frio!

— Não se discute mais... só que na minha frente é que não vais praticar o teu gosto! Além do mais, tua mãe sempre falava que café frio causava mal ao estômago, azia, essas coisas...

— A padaria é muito honesta quando faz a broa! Já tem dois dias e ainda não está murcha!

— Pega a xícara com cuidado que está fervendo.

— Tens razão, minha querida... café é bebida que se toma quente... tens sempre razão, minha boa Emília!

As duas falaram de temas diversos, incluindo na pauta a visita sabática de Danilo. Decerto que Lavínia sentia o peito desconfortável por não contar a íntegra da semana para a portuguesa. Nem quando menina lembrava de ter-lhe ocultado alguma coisa. Mas agora a questão era outra, precisava de uma privacidade sem palpites. Depois do encontro selado, aí sim poderia dispor dos fatos em detalhes.

A parte mais difícil seria omitir de Pedro essa informação tão valiosa. Entretanto, tudo seria feito para que as relações se estendessem num futuro sem mágoas ou ressentimentos. Sua intenção em manter uma cordialidade com Danilo lhe parecia desconfiada, pois talvez ele não hesitasse em transformar em concreto o que ainda permanecia como suposição.

Fez um pouco de hora para dar o tempo de pegar Pedro na escola.

Foi pelo caminho, orgulhosa de sua postura nessa nova etapa que, de repente, lhe trazia Danilo de volta.

Constatava que o amor esfriado e o desejo extinto lhe proporcionavam toda a desenvoltura precisa para introduzir o pai no mundo do filho.

Lavínia chegou ao portão do colégio um pouco antes do horário de saída. Aproveitou o silêncio do pátio para pensar como contaria ao menino a conversa que tivera de manhã. Uma vez que nada falaria do encontro marcado para o dia seguinte, precisava moldar do que havia sido dito apenas a metade.

Sentiu como um remorso por não poder falar ao filho o todo da situação. Por outro lado, sentia como necessidade escutar toda a parte que seria contada por Danilo.

No meio das divagações, o sinal tocou forte, trazendo seu pensamento para o momento presente no qual Pedro vinha acenando como o terceiro da fila.

Depois do carinho de costume, ela aliviou o corpinho do garoto pegando para si a mala com os lápis e cadernos.

Pedro queria, aflito, saber do pai. O que disse, como disse, se aceitara o convite.

— Teu pai ficou feliz com o convite que precisavas ver! Perguntou até se o lanche não podia acontecer antes do sábado.

— E não pode?

— Já falamos sobre esse assunto, Pedro! Sábado não tens aula, é um dia calmo e ao mesmo tempo alegre, por ser véspera de folga. Vai por mim, será um grande lanche o nosso!

— A que horas ele vem?

— Chamei para as quatro, que é a hora mesmo do lanche. Tenho tempo de arrumar a casa, enquanto preparo o bolo que já escolhi: inglês. Pensei também em fazer os biscoitos de nata que tanto gostas. Não parece bem?

— E refresco de groselha?

— Para ti groselha, junto com limonada e chá.

Pedro acalmou o coração que, de tanto tempo apertado,

sentia agora um cansaço de sono.

— Mãe, quando a gente chegar em casa eu posso dormir bastante?

— O quanto quiseres... mas não estás com fome?

— Não, mãe, eu estou com sono.

Lavínia tocada com a exaustão do filho parou, pegou Pedro no colo com um braço e com o outro continuou segurando a maleta.

O peso do menino somado ao dos livros lhe parecia retirado pela leveza do quadro. Continuou a pensar na vida sorrindo do cochilo instantâneo que o garoto fazia em seu ombro.

Quem sabe o que vai numa emoção? Ali, seu sentimento de amor por Danilo vinha no calor do corpo de um filho que dele não deixava de ser um pedaço.

...

Passava das nove da manhã quando Danilo estacionou o carro na rua Pontal, duas casas antes do número 48.

Abriu a porta, desceu e pegou no banco um buquê de margaridas envolto em papel de seda. Parou, tocou a campainha, ao mesmo tempo em que apertava o nó da gravata azul com listras amarelas.

Lavínia nada demorou para aparecer, e ficaram assim os dois parados, se olhando como numa fotografia. Ele entregou as flores ainda na rua para, depois sim, entrar naquela casa de onde partira há tanto tempo na cumplicidade da noite.

Correu os olhos despovoados pela sala como na procura de vestígios familiares que lhe trouxessem a memória reavivada.

Ela cuidava das flores, da água, do vaso, e ele andava pela casa certo de que se encontraria em algum vácuo daquela história.

Os assuntos eram tantos que não havia jeito de começar por algum.

— Foi delicado trazer essas flores que me dizem tanto.

— Acredite, Lavínia, eu nunca soube de verdade o porquê da minha partida.

— Não foi por causa do meu estado?

— No começo eu achei que sim... mas depois...

— Então foi por minha causa... porque não me amavas mais — disse ela sentindo a areia de suas palavras na garganta.

— Não! Eu fui embora por medo... medo de não dar conta de você, da criança... mas mais do que isso... por medo de mim, dos meus sentimentos.

— Mas eu tinha saído para marcar o aborto!

— Eu sei... porém foi mais forte do que eu. Quando me percebi, já fazia as malas e só pensava em ir embora para nunca mais.

— E, no entanto, não tiveste medo de se casar nem tampouco de adotar um filho...

— Você não entende... não vai adiantar eu explicar mil vezes... O meu casamento nada tem a ver com a relação que nós tivemos. É outra coisa.

— Ah! Queres dizer que não casaste gostando da tua noiva que é a tua mulher?

— Eu não disse isso! Casei gostando e gosto muito dela... mas não como gostei de você.

— Qual a reação que eu deveria ter frente à tua fala crua?

— Não precisa se defender... eu estou aqui pelo filho que temos e pelo amor que vivemos. Eu bem sei o quanto tudo isso fez sofrer não só a você como a mim também. Agora é diferente... tem o menino que nada sabe disso tudo. É meu filho e eu quero dar para ele todo o tempo que eu perdi.

— Tempo não volta, meu caro! O que está perdido não existe mais... Mas tens razão quando dizes que Pedro nada tem com isso.

— Gostaria de registrá-lo com meu nome.

— O registro já está feito com o meu. Tem que ver direito a lei para saber se é possível fazer uma correção.

— É a primeira coisa a ser vista. Além disso faço questão de pagar todas as despesas que vão com ele e também gostaria de vê-lo tantas vezes quantas forem possíveis.

— Tua mulher já sabe que tens um filho de sangue? — Perguntou Lavínia, numa música de desforra.

— Sabe, eu já contei toda a história a ela. E, pasme você, ela acolheu de forma surpreendente. Quer conhecer Pedro quando for oportuno e também aproximá-lo do nosso menino.

Com a resposta de Danilo, a raiva de Lavínia foi arrefecendo, até devolver ao corpo o conforto da razão. Pensou em Pedro, no que aquilo representava para ele.

— Está certo, Danilo, eu concordarei com tudo o que for de melhor para meu filho.

— Sem ressentimentos? — Disse ele, esticando a mão para ela.

— Sem mágoas nem ressentimentos... — Lavínia apertou a mão de Danilo estendida no ar.

— Pedro sabe que eu vim aqui?

— Não! Pensa que só vens no final da semana.

Danilo foi embora confirmando a presença no lanche de sábado. Ela fechou a porta sem acompanhar a partida. Pegou o vaso retirou as flores e jogou a água fora. Depois refez o arranjo com o papel que ficara dobrado em cima da mesa. Atravessou a rua com as margaridas na mão, pronta a contar para Dona Emília a procedência do buquê.

•••

Quando volto ao tapume, já não sei mais esticar o corpo na cadeira seguro da minha invisibilidade. Agora que ela fareja qualquer coisa de estranho no terreno, acabou o meu sossego de observação.

Nada de novo acontecera depois daquele sábado. E, por conta das chuvas, eu só passo mesmo pelo bairro para sentir o clima dos moradores que, por sinal, é de muita generosidade.

Mas preciso daquele ponto para atingir o meu objetivo, que é ela.

Então resolvo abstrair o susto e retomar a rotina da espreita como se da primeira vez fosse.

Monto a pilha de livros e ligo o radinho — só que desta vez fazendo uso de um fone no ouvido esquerdo.

Bem mais tarde, ela passa do outro lado da rua com o menino no colo, completamente indiferente ao terreno.

É claro que seu pensamento vai longe, bem além da realidade da calçada.

Seus pequenos trejeitos já me são familiares. A maneira de andar, o jeito de mexer a cabeça, a postura ereta das costas.

Do rosto como um todo posso até dizer que já conheço a feição. Mas e o olhar? Jamais olhei os seus olhos, desconheço por completo a expressão do seu olhar.

A informação me causa uma angústia deletéria que de imediato comprime meu peito.

E se os olhos boiarem em esferas de indiferença ou, mais aterrorizante que isso, em órbitas de compaixão?

Tiro o cabelo da testa, deslizando as mãos com firmeza até a nuca.

O tormento da ideia saracoteia por toda a estrutura que me coloca em pé.

Para, Matheus! Digo a mim mesmo intermitente, *Isso é parte da tua sabotagem.*

A respiração entrecortada, de minúsculos suspiros, me empurra em marcha para o fundo do terreno num vai e vem de jaula. Estou preso no meu estado de apreensão. Ando de um lado para o outro até a pele verter água e encharcar o pano da camisa. Então, esgotado, caio na cadeira sem força de raciocínio.

Ultrapassaria aquele estado de invenção que custa mais caro do que a ousadia de montar um búnquer para alcançar algumas palavras ou até mesmo uma história verdadeira de amor.

Vou aos poucos encontrando o sossego que me coloca novamente sentado na cadeira de nylon.

Ela já entrou, e eu sei disso pelas janelas abertas da casa.

O calor que faz naquelas horas incorpora a moleza do meu corpo depois do estado de exaltação. É o que basta para que o sono me abrace como um justo e faça em mim uma espécie de redenção. Durmo.

...

O dinheiro vem agora como uma preocupação. Os pedidos de costura estão escassos, e a maioria deles é de reparos.

A escola de Pedro mais o material de trabalho formam uma parcela pesada na conta do mês. E o crescimento do corpo aumenta a fome da boca, exigindo a mudança da quantidade no prato.

Portanto, a nova entrada de Danilo nas nossas vidas traz também um alívio na responsabilidade que sustento, sozinha, desde a noite da sua partida. Acolherei de bom jeito o relaxamento dos músculos despreocupados com os prazos de cobrança, desatentos com os impostos taxados para um bem comum que nunca se vê.

Começo a preparar com certo tato a cabecinha de Pedro para uma mudança razoável no nosso padrão de vida.

Nada muito radical, mas uma vida mais folgada até para as compras dos brinquedos sonhados por ele nas vitrines.

— Olha, meu filho, é bom que saibas desde já que o teu pai é um homem que está bem de vida. Quer dizer... tem mais dinheiros do que nós. É por conta desses dinheiros e da vontade que ele está de te fazer justiça que tu vais ter muito mais do que tens.

Pedro fica sério, olhando com interrogação para mim.

— Eu vou poder ter os brinquedos da loja da cidade?

— Não só isso como também melhores e mais roupas.

— Mas a gente não vai embora daqui, vai?

— De jeito nenhum... nem pensar... Mas que vou pedir a ele umas melhorias na casa... ah! isso vou.

Pedro mostra os dentes, estremecendo o corpinho de alegria.

A casa já é leve, e Danilo ainda nem conheceu o menino. Lembro com saudade a voz de minha mãe quando dizia que a brisa da boa sorte acaricia primeiro o rosto avisando a sua chegada.

Volto para o quarto, enfio a bainha de um vestido na agulha da máquina de costura e, apertando o pedal, levo longe o pensamento no ritmo da semana até o dia do encontro.

• • •

Desde aquele golpe de temor, Matheus começou a se sentir desanimado como um sintoma seu natural de preguiça.

Foi levando os dias que se seguiram sem novidades de Lavínia, a não ser suas caminhadas pela calçada, as idas na casa da portuguesa, umas vezes com Pedro, outras vezes sozinha.

• • •

Tranco o cadeado do tapume na sexta, faltando um quarto para as onze da noite. Tenho as maçãs do rosto doloridas, prenunciando talvez uma das minhas crises de sinusite.

Pego o caminho de casa um pouco enfastiado daquela rotina que me mantém trancafiado no mesmo terreno baldio.

Se ainda as coisas fossem evoluindo como eu imaginara...

Mas a mesmice dos hábitos se evidencia por serem eles a composição do meu tempo.

O cheiro ardido de desinfetante deixado pela faxina estimula a dor dos ossos da minha face que passaram a não suportar sequer o peso dos óculos.

Agora é que a coisa vai apertar. Já enxergo pouco com as lentes, sem elas simplesmente nada vejo. Esquento às escuras uma comida bem temperada, guardada no forno. Como com fome um prato e ainda repito o segundo. Fico um tempo na cozinha olhando a louça fina nos armários impregnada pelos jantares servidos com pequenos detalhes de requinte. A sineta que avisava a troca do serviço. Era eu na minha melhor forma a entreter os convidados, quando havia convidados, ou, pelo vício de sedução, a encantar a mulher para quem trilhei a maior parte da minha vida.

Toda a ressaca me vem como um saudosismo meloso, barato. A tempo, saio do lugar e vou para o quarto tratar daquela dor incômoda que de fato é a questão. Transito pelo passado como um soldado que tem o front como meta e por conta disso não pode se deter em recordações.

Pego um livro em outro idioma e me entrego à dificuldade do forasteiro que transforma a língua que fala no vernáculo que ouve e lê.

Perco a hora, a leitura, as palavras de sons criptografados.

Largo o corpo na analgesia dos comprimidos com a certeza de que aquele parágrafo melancólico é apenas a memória fazendo o seu trabalho.

Um mal-estar generalizado acaba decidindo logo de manhã o compromisso do meu dia. Ficarei em casa para tratar da saúde que pede atenção e, muito mais que isso, reverei a vontade de continuar o propósito de efetivar aquilo que, até então, não passa de fantasia.

Posto isso, viro para o lado começando um cochilo embalado pelas vozes dos alunos que vêm como restos ecoando pelas paredes do quarto.

...

Nada mais comum do que falar dos dias como todos iguais. No entanto não existem os dias, somos nós que clareamos e escurecemos de acordo com as nossas emoções. Com muito sol e sem vento chega afinal o sábado do encontro.

Acordamos cedo de um sono que não foi dormido.

Pedro faz sua rotina, sem conversa, concentrado na mudança que sua vida terá dentro de algumas horas.

Risco uma vela de mel aos pés do oratório, na intenção de que a hora do conhecimento fique cercada de harmonia.

Meu primeiro impulso é correr até a casa de Emília para o aquecimento das minhas atitudes. Mas volto atrás no ímpeto, entendendo que aquele é um momento de intimidade carnal.

Reli o romance com Danilo sem jamais imaginar que viveria aquela cena.

Pedro, eu, a casa, o perfume do bolo assando no forno. E tudo para a chegada daquele homem que agora é o pai.

Escolho nossas roupas atenta para que não tenham indícios de festa, embora a situação vibre como uma cerimônia.

De qualquer modo, todos esses anos sem saber sobre o pai não interferem no semblante sereno de meu filho. De que matéria de nós é feito aquele menino tão lúcido em sua sabedoria?

Tiro o bolo da forma de estrela, coloco num prato redondo e, depois, cravejo toda a superfície do desenho com bolinhas de confeito prateado.

Pedro assiste a tudo em silêncio, com um sorriso manso de agradecimento no olhar. Naquele dia a contagem do relógio marca algo muito além das horas.

— Filho, hoje tu és o anfitrião da casa. Serás tu que receberás teu pai.

O garoto faz que sim com a cabeça, sério, já num porte de homem.

— Deixa teu coração comandar os teus gestos. Recebe a ele de acordo com a emoção que sentires com a sua presença.

Desde que acordou, o menino não emitiu um som sequer. Segue os meus passos numa mudez amorosa, guardando todas as suas palavras, num punhado, para entregá-las de presente ao pai.

Confesso que me sinto apreensiva ao ver Pedro falar tanta coisa sem dizer uma só palavra. Porém não cabe insistir na sua decisão de silêncio.

Ligo o rádio para aliviar a ausência de sonoridade na casa, enquanto começo a pentear os cabelos sentada na banqueta em frente ao espelho da penteadeira.

Olho firme para aquela mulher que me observa no reflexo.

Estico a pele buscando uma reminiscência de juventude. Desfaço num segundo o olhar da imagem, prendendo o cabelo com meus pentes de osso. Coloco o vestido roxo pendurado no cabide e vou para a cozinha arrumar os lugares na mesa. A estrutura térrea da casa acentua a madeira do piso como uma planície silenciosa, interminável.

Contenho a ansiedade procurando distrair Pedro até que tudo se dê.

Com o jogo de letras, feitas de plástico, eu começo a montar algumas palavras para que o menino adivinhe. É claro que ele morde a brincadeira e, por um pouco, deixa de pensar no tempo. Nomes de pessoas, de objetos, de ruas fazem com que a gente queime a espera como um papel que se atira na chama.

De repente, um carro para na porta e a campainha dispara

comprida. É Danilo.

Eu olho para meu filho que mal respira, sentado na pontinha do sofá.

— Agora eu vou lá para dentro, e você abre a porta para receber teu pai. Não esquece por nem um momento de escutar teu coração.

Saio da sala e fico acompanhando o grande momento de dentro do quarto.

Pedro, pequenininho, fica na ponta dos pés e, com um certo esforço, gira a maçaneta abrindo a porta. Posso ver, atrás das minha lágrimas, quando o rosto de Danilo abaixa para encontrar o do filho que olha para cima. A semelhança física estremece os dois. O pai levanta Pedro no colo num abraço ávido de amor imediato. E assim permanecem juntos sem tempo que eu possa contar.

Danilo fecha a porta com o menino nos braços enrolado em seu pescoço.

Não há riso nem conversa entre eles. O estreitamento basta.

— Sua mãe onde está?

— No quarto, disse o garoto.

Danilo vem andando, enquanto eu vou rapidamente para a mesa de costura fazer ordem em uns retalhos que deixei espalhados.

Quando eles surgem no batente da porta, juntos, numa recompensa de afeto explícito eu desamarro meu corpo para me unir a eles numa explosão de espírito. Ficamos assim, imóveis, até Pedro organizar o que faremos no momento seguinte.

O cheiro doce do bolo que recende por todos os cantos daquele quadro nos leva até a estrela que decora a mesa da cozinha.

Danilo, sentado com o menino no colo, roça o rosto no cabelo de Pedro embriagado pela imagem do filho.

Partimos as pontas daquela estrela que reluz prateada, sem histórias nem lembranças capazes de obscurecer o seu brilho.

As palavras, assim como as frases, vão se formando aos poucos naquele círculo de recomeço.

O halo de mel iluminado pela vela do oratório protege a relação de pai e filho que eu sempre ouvi dizer sagrada.

Embora eu esteja ali unida a um retrato familiar, não formamos nós uma família.

A relação era dos dois e, pelo amálgama instantâneo, eu estou completamente destacada disso.

Faço um parêntesis na minha incidência de disposição no que se refere a Danilo e, sem qualquer hostilidade, conduzo a conversa.

— Pedro já sabe que tem um irmão. Que se chama mesmo...?

— José. É o nome de seu irmão — diz Danilo beijando a cabeça do filho. — Vamos logo conhecê-lo, e eu tenho certeza de que vocês serão uma grande dupla.

É confortável a reação do menino diante da outra parte da família. Pois é isso que é dele, um novo pedaço de família.

Sem nenhum tipo de pressa, eles se conhecem numa linguagem primeva, trocando toda sorte de informações que um quer saber do outro.

A groselha tinge a boca de Pedro que fala feito uma matraca vermelha de felicidade.

O barulho inconfundível da alegria.

Saio devagar, deixando os dois a sós para que Danilo possa se deleitar com a cria. Pedro é lindo, e não há dúvida de que a semelhança de traços faz ali uma fortíssima moeda de troca.

A vida passa pelo pensamento sem que isso prejudique necessariamente a ação. Encontro Emília entre os vasos do seu jardim aproveitando a sombra para regar as plantas que lhe eram tão caras.

— Já acabou a visita? Como se deu o conhecimento dos dois? E tu como se saíste?

— Calma! Até parece que tenho várias bocas prontas para responder tantas perguntas ao mesmo tempo! Resolvi deixá-los juntos e sozinhos. O encontro foi lindo, Emília... uma empatia imediata em que eu mal pude crer.

— Deixaste Danilo na casa que já foi dele, para que se aproxime do filho, motivo pelo qual ele partiu?

— Não é de se estranhar a vida nesses momentos, minha amiga?

— Cá para mim ainda gostas desse homem e se dependesse de ti voltavas a morar junto com ele.

— Não... é aí que tu te enganas! Quero Danilo, mas não para mim. Meu desejo é que Pedro tenha o pai, se possível integral.

— Bom então cai no que te falei... ou ele vem morar contigo ou o menino vai embora morar com ele e a outra mulher que é a dele.

— Que coisa, Emília! Não te entendo! Parece que gostas de me provocar quando no entanto eu estou a te relatar um acontecimento desse porte.

— Desculpe, filha! Mas às vezes não consigo segurar a ponta que cutuca a minha língua. Fico contente que as coisas estejam caminhando assim como tu dizes, e aliviada em saber da proteção que veio para a vida do garoto.

— Danilo, como pai, que já posso sentir que será presente, deixa um espaço livre para que eu me solte de novo no amor.

— Se tiveres juízo e não sonhares com quimeras que não existem, é bem capaz que para logo estejas de namorado.

— Se estás se referindo ao homem da livraria como quimera... esquece. Sinto forte o pressentimento que vou ainda encontrá-lo.

— Ah! E posso saber onde?

— Não sei... se soubesse já estaria lá.

...

Emília e Lavínia levaram a conversa implicadinha para dentro da casa; mais precisamente para a cozinha, onde algum quitute aqueceria a continuação do assunto.

Pedro e Danilo sentados numa roda de brinquedos prescindiam das palavras que eram trocadas por olhares aveludados. O menino olhava curioso no rosto do pai uma cicatriz grossa bem marcada que ia do canto da boca até quase o meio do queixo.

— O que foi, Pedro? — Perguntou ele com um leve sorriso.

— O que aconteceu aqui? — Disse o menino, alisando a marca com a mãozinha.

— Ah, meu filho... foi um acidente de bicicleta que eu tive quando era moleque.

— Você caiu da bicicleta?

— Caí, e o pior é que o chão era de pedrinhas bem afiadas. Daí não teve jeito... eu me machuquei feio, como você está vendo. Mas deu tudo certo! Eu fiquei bom logo e continuo pedalando até hoje normalmente. É assim que tem que ser, filho. Não ter medo dos tombos, mas tomar cuidado com eles. Você já sabe andar de bicicleta?

— Não. Mas eu queria muito!

— Como amanhã é domingo e as lojas estarão fechadas, iremos durante a semana comprar a sua bicicleta. Eu te ensinarei a andar, no início com rodinhas nos lados, para você aprender o equilíbrio. Depois faremos o teste, tirando primeiro uma e depois a outra. Quando você estiver pronto, pedalaremos os dois por todos os cantos dessa vida!

E os dois ficaram ali desenhando as linhas que traçariam os seus destinos agora cruzados pela lei da afeição.

Lavínia voltou antes do escuro, descobrindo Pedro renascido nos braços do pai. No clima de ternura tantas vezes sonhado, ela fechou a porta devagar para não acordar o filho que havia adormecido.

Aproximou-se para levá-lo para a cama, mas Danilo negou com a cabeça carregando ele o menino no colo. Foi seguindo Lavínia até a cama pequena com o dossel de latão, então deitou com cuidado o filho de lado beijando carinhosamente os seus cachinhos.

— Vamos até a cozinha que eu vou passar um café.

Os dois saíram do quarto, deixando a porta entreaberta e a luz do corredor acesa.

— Aí de mim! Jamais pensei sentir alguma coisa parecida com isso por alguém. É visceral, amo Pedro como se o tivesse perto de mim desde o seu primeiro minuto.

Ela ouvia a sinceridade sonora de Danilo, e isso lhe abria a alma para aquela relação de caráter definitivo. Sentou na banqueta, colocando sobre a mesa o bule aromado de café fresco. Serviu as duas xícaras e olhou fundo para ele nos olhos.

— Sua presença na nossa casa me enche de alegria e, ao mesmo tempo, de tranquilidade.

— Minha presença não só na casa como na vida de vocês, que fique bem claro.

— Se assim é, vou lhe ser franca. Não quero saber de tua família aqui dentro.

— Nem eu quero isso. Vou levar Pedro para conhecer o irmão, mas ainda não é certo que vou aproximá-lo da mãe.

— Não sou contra isso, só não quero que venham aqui.

— Mas eu não estou mais certo de nada. Você não entende, Lavínia? Eu estou por demais mexido com esse filho que tivemos, e te reencontrar me desconcerta.

Lavínia baixou o rosto, circulando o olhar em torno da estrela e dos confeitos misturados com as migalhas que sobraram das fatias.

— Volto amanhã e podíamos dar uma volta de carro!

— Volta sempre que quiseres! Mas eu preciso sentir isso tudo com a emoção no lugar certo, por ora não consigo pensar. Estou mais misturada que esse resto de bolo — falou com um sorriso aquiescente.

— Está certo, mesmo porque isso é tipo de coisa que só o tempo arranja.

— Vem amanhã e leva Pedro para passear de carro. Assim continuarás a tua retomada nessa história.

...

Desde a entrada de meu pai, minha vida virou outra vida. Como entender isso, não fazia a menor ideia. Era um pai de corpo quente, com braços imensos que me apertavam de carinho num som batido de coração.

O jeito manso e ao mesmo tempo firme de me falar como o homem que um dia não muito distante eu seria.

Eu não esperava que meu pai fizesse com minha mãe um casamento como os de muitos que frequentavam a escola. A união acontecia sem que houvesse necessidade de formalizações. E era sensível no carinho dos dois a vontade de me colocar no centro, como o menino Jesus.

Quanto à outra parte da família que eu havia adquirido, não havia muito com o que me preocupar. Mamãe acabaria aceitando a vinda dessa metade de irmão em nossa casa, uma vez que ele viesse sozinho. Portanto, uma calma de nuvem branca pairava por sobre aquela recentidade de acontecimentos.

Não dormi, nem cochilei, fiquei quietinho ouvindo a conversa de meus pais.

Meu pai saiu, e eu fui correndo atrás dele até o carro para não perder qualquer segundo da sua companhia. Ele pôs o carro em movimento enquanto eu fiquei esperando na calçada seu desaparecimento completo.

Voltei para dentro, seguro, sem mais sentir o antigo temor de que um dia poderia ficar só.

Mamãe arrumava a cozinha, lavando as xícaras e os pratos daquele grande dia. Sentei na banqueta e fiquei quietinho assistindo a sua ordem.

Com muita serenidade ela me perguntou como eu me sentia agora que havia conhecido meu pai.

— Filho, eu sei que é coisa tua e, por isso, se não quiseres responder não precisa. Mas me é natural a vontade de saber como sentiste teu pai.

— Mãe, ter o meu pai é como ganhar todos os brinquedos que existem no mundo. Mesmo aqueles que a gente só vê nos sonhos.

...

Pedro piscava rápido, as pestanas molhadas enquanto falava do pai.

— Ele te disse que amanhã vem lá pelas dez te pegar para um passeio de carro?

— Disse. Ele falou também que na semana vamos comprar a minha bicicleta e que vai me ensinar o equilíbrio de andar nela.

— Ai, Pedro! Tu não imaginas o bem que tudo isso traz para nossa vida! O amor, a atenção, o conforto que te são de direito.

— E o irmão, mãe?

— Que é que tem o teu irmão?

— Ele vai poder vir aqui, não é?

— Vamos ver. Agora tens que aproveitar o mais importante que é teu pai. A outra é uma segunda parte que ainda não sabemos como vai se desenrolar, certo?

— Mãe, vamos na casa de Dona Emília para eu ver televisão deitado no sofá?

— Mas você é abusado, hein, menino? — disse Lavínia, que mal cabia em si de alívio e gosto.

Ela apagou a luz da cozinha, fechou a porta da rua e foram os dois de mãos entrelaçadas para a casa da portuguesa.

...

Percebo que tanto o sono como o mal-estar do corpo aparecem como um artifício diabólico para me colocar numa nova posição de sabotagem.

Pois se cheguei a uma altura tal de investimento para me aproximar daquela mulher, por que hei de desistir agora novamente?

Já fiz tanto com meu tempo que, nesse caso, vale a pena fazer um pouco mais por ele.

O problema é que eu penso demais. Pondero cada situação, arranjando vários itens de possibilidades para cada uma delas. No final, de que adiantam as elucubrações se o resultado é sempre inesperado como manda a inescrutável falta de garantia?

Outro ponto que eu penso importante é a falta de alternativa que me interesse de fato como a sedução de uma mulher quase miragem que me veio do inesperado.

Aulas particulares podem ser uma outra opção, já que alguns ex-alunos, ainda que raros, recorrem ao meu telefone. Mas o meu vazio afetivo clama por uma sarabanda deslizada e lenta como no renascimento.

Levanto um pouco mais disposto, mas não o suficiente para ir até a rua Pontal. Ficarei em casa lendo e também relendo os meus alfarrábios.

No decorrer do dia, chamarei Laurindo para uma volta de carro sem rumo ou com alguma direção, decidirei na hora.

Durante esses pensamentos, a campainha toca e eu saio na janela para ver quem é.

O vizinho do lado me cumprimenta amavelmente, avisando que haverá no final da tarde uma reunião dos moradores da rua para discutir algumas providências a serem tomadas.

— Sua presença é fundamental, professor Matheus! Já que, além de ilustre, o senhor é um dos mais antigos moradores daqui.

— Não sei, senhor Rangel... não me sinto muito disposto nesta manhã.

— Não temos a menor intenção de que a reunião seja extensa. Será apenas para resolvermos algumas pendências que vêm se arrastando como o senhor mesmo sabe.

— Bem, se for rápido... E onde seria?

— Aqui em minha casa, às seis da tarde. Podemos contar com a sua presença?

— Olha, eu não posso garantir nada. Tudo depende do meu estado físico.

— Está certo, professor! Ficaremos na torcida pela sua presença.

O homem desaparece do portão, e eu não consigo ver se ele entrou na casa ou se foi tocar em alguma outra. Volto para dentro, achando que não é de todo desinteressante aquela convocação-convite para o final da tarde. Senhor Rangel é um homem inteligente e muito bem articulado, bom de conversar. Aliás eu ando mesmo precisando exercitar este cérebro.

Largo de lado o planejamento do dia, feito uma página que se vira num livro. Tomo um banho e me visto limpo e passado, já decidido a comparecer à tal reunião.

Como ainda falta para o final da tarde, retomo a leitura do russo que consagra o esplendor da síntese na *Morte de Ivan Ilitch*.

À parte a agonia de um dia poder me tornar a trajetória do personagem, acolho, estupefato, o mágico efeito do poder de síntese. Essa reunião de poucas palavras que resulta no impacto do escrito.

De todos os índices de inteligência, esse raro talento faz de Tolstói senão o maior provavelmente o melhor.

Coloco o livro sobre o colo, marcando a página com o dedo.

Poder sintetizar a vida num compacto de vivências prescindindo dos hiatos de fastio.

O pensamento vai longe, deixando esvaziada a concentração da leitura.

Eu que já fui alguns, hoje sou um que nem sabe direito quem é. Sem poesia de frase o contraste da sala prova o bolor que me cerca.

Mas o chamado da reunião me mobiliza para uma parte de mundo que é o meu.

Um surto de clareza me afasta da rua Pontal, evidenciando o patético papel montado em frente ao número 48.

Cogito procurar alguém para expor os meus delírios, mas quem?

Sem solução que me convença, continuo a obra que, de tão primorosa, me torna quase um moscovita.

Mas a limitação da visão... O armário, a parede, as fileiras dispostas nas camadas de lembrança do que é ou já foi nosso, ofuscando a clareza do sentir.

A perna cruzada e o pé como um metrônomo marcando as notas falsas de um dinheiro mal investido que só faz afundar o tempo.

Prendo e solto a leitura de acordo com a difícil capacidade, momentânea, de concentração.

Concentração é algo que se preserva inalterada ao longo da vida?

Digo a força de energia que envolve um interesse e captura a atenção do espírito.

Tenho cá as minhas dúvidas. O foco que me escorou como farol pelas letras e números dos meus estudos era rijo a ponto de me manter alheio a todos os ruídos do mundo. Talvez porque eu não tivesse lembranças.

Um pouco antes das seis, pego um bloco de notas, uma caneta e vou tocar na casa do vizinho que deixara o portão apenas encostado.

— Rangel! — Chamo em voz alta, ao ver através da janela o homem conversando no pé da escada.

— Quanta honra, Professor! Que bom tê-lo aqui conosco! Vamos, entre que algumas pessoas já estão aqui.

Entro, e dois outros moradores que até então eu só conheço de vista me saúdam com muita amabilidade.

— Nós ainda não começamos a falar dos interesses, estamos apenas num toque de conversa — explica Rangel.

Outras pessoas vão chegando até a sala contar com umas dez presenças.

Rangel toma a frente da reunião munido de informações precisas a respeito do que é preciso providenciar.

Tudo muito simpático, regado a café com licor e alguns biscoitinhos variados.

Eu me sinto alegre com esse novo grupo que se reúne todas as semanas no mesmo dia e no mesmo horário. Não deixa de ser uma programação agradável.

Ouço, dou palpites, participo com a vontade de melhora dos que se sentem vivos.

Se, por um lado, tudo aquilo é parte intrínseca do meu mundo, o desejo que eu sinto por ela adere ao meu corpo formando nele um pedaço.

A sala é forrada por um tapete enorme, antigo, que praticamente preenche o espaço inteiro até tocar o rodapé.

É uma cena musical, repleta de ninfas com mãos esguias de pele esquálida que tocavam instrumentos como flautas e cítaras entre folhagens e flores que mais parecem ser de um jardim.

Não consigo conter a curiosidade estapafúrdia sobre o desenho do tapete e, com a maior falta de cerimônia, interrompo uma discussão útil, tornando nítida a minha total abstração.

— Que beleza de tapeçaria, Rangel! É francesa?

Todos se voltam para mim, surpreendidos pelo comentário desatento ao assunto em pauta.

— Sim, professor, esse tapete foi trazido da França de navio pelo meu avô, pai de minha mãe. Portanto, já é há algum tempo parte de nossa família.

A sala fica em silêncio junto comigo. Rangel, percebendo o meu constrangimento, oferece delicadamente uma rodada de licor antes de retomar a discussão comunitária.

Um homem experimentado como eu a lidar com negociações de importância deixa a atenção escapar claramente sem que nada possa fazer contra isso. Silenciosa e trágica, uma percepção de mudança começa devagarinho a me cutucar. Reorganizo o foco e faço uma performance considerável na reunião, provando para mim mesmo que o pensamento numa constante é uma forma de celeiro.

No final do encontro, sou cumprimentado pelos meus apartes e sumariamente convocado para a próxima semana.

Volto para casa tranquilo, com uma sensação morna de carinho e reconhecimento. Preciso de uma pequena recompensa, um agrado para meu corpo. Pode ser um drink mas, no momento, não estou para nada que possa alterar minha percepção.

É então que uma recordação milagrosa me conduz até meu estojo de cachimbo. Vasta alegria toma conta de minhas mãos que compõem em minúcias o meu ritual de fumo.

Sento na cadeira perto da janela aberta e vou libertando pelas baforadas a imensa satisfação que a reunião na casa do Rangel me proporcionou.

No dia seguinte irei até a rua Pontal pensar num jeito de

acelerar o processo que me queima o crânio.

Mas não é hora de pensar naquilo. Como já está mesmo decidido, eu me sinto à vontade para relaxar e curtir o som da fumaça que sai da boca.

...

As horas foram generosas com Matheus, trazendo rápido o amanhecer de um domingo entre nuvens mas sem garoa.

Já bem cedo ele estava lá no seu quartel que ficava cada vez mais apertado pelas suas expectativas.

A paradeira do bairro causava uma modorra e, por consequência disso, certos pensamentos acabavam por fazer a ronda no homem.

No fundo ou no raso que ao final das contas são extremos da mesma coisa.

Matheus se achava um chato. É... sem graça, bem, embaçado como a matéria escura de que se supõe a origem do universo.

Cogitava as chances que teria para seduzir a mulher que pelo menos fisicamente parecia bem mais apta ao amor do que ele.

Apalpou a barriga, a pele já meio solta embaixo do queixo, os olhos estufados por debaixo dos óculos. Dava um desânimo. Mas, por outra forma, sua inteligência e preparo intelectual traziam a segurança de que necessitava.

Porém, pensando nos termos de abordagem, pois era isso que seria, ainda se sentia hesitante.

Foi por entre tantas dúvidas que o motor do carro de Danilo arrancou o ar de fastio do professor. O automóvel parou na frente da casa e, quando a porta abriu, um homem alto, magro, de cabelos grisalhos desceu pisando firme para tocar a campainha. Um susto! Sem forças de sair correndo. O que era aquilo? Quem era aquela figura?

Lavínia apareceu segurando a mão de Pedro.

Matheus empurrava o tapume, quase a ponto de colocar a cara para fora dele. Danilo pegou o menino no colo, que se enroscou no pescoço do pai.

Os dois se despediram dela com um beijo cada um para depois entrarem no carro. Lavínia permaneceu parada na porta acenando até que eles desapareceram de vista. Quando ela entrou e fechou o trinco, ele caiu sentado na cadeira que quase quebra pelo peso do corpo.

A lógica praticamente primária estava montada: aquele era o pai do garoto.

Que golpe! Um sujeito bem apanhado e ainda por cima com um filho de lambuja. Não havia mais tempo de espera; precisava agir com urgência. Mas como competir com tal criatura?

Foram casados? Se amaram à exaustão? Por que não moravam mais juntos? Moraram algum dia juntos? Era de enlouquecer!

Não poderia fazer nada sem antes ter todas as informações da situação do outro lado da rua. Moacir, o dono da banca poderia ser de grande ajuda, dependendo do jeito que fosse feito o interrogatório. Com sutileza, conseguiria as setas que lhe indicariam o caminho.

Sentiu um certo sossego quando flagrou ativo seu dom de estratégia pronto e íntegro como um capitão que comanda o navio sem se perder nas ondas traiçoeiras da emoção.

A confiança do verbo sovado por ele, como pão que alimenta a paz, mesmo durante as lancetadas da carne.

Interpelaria Moacir com muito tato, quase tomado de distração.

...

Pedro sentia nas mãos as ondulações macias do couro bege pespontado que cobria o banco do automóvel. Olhava o painel brilhante cheio de reloginhos, sem saber exatamente quais as funções daqueles giros.

O pai. O carro de lataria vermelha vinha como nos sonhos tantas vezes formados por ele no teto em branco da casa.

Os pneus rodavam sem pressa, e Danilo sorria devagar, sorvendo cada milésimo daquele momento.

Pararam em frente a um vasto parque de árvores e flores, com bancos de pedra e muitos lampiões ainda apagados pela luz do dia.

— Mais para dentro tem uma área de recreação que eu acho que você vai gostar.

Desceram os dois e foram caminhando em direção ao centro do imenso jardim.

Um espaço com balanços, gangorras, areia e mais um lago eletrizado por carpas vermelhas transfiguraram o menino que parecia iluminado.

— Em qual brinquedo você vai primeiro?

— No balanço, você me empurra?

— Lá vamos nós...

Foram a todos os brinquedos, incluindo a areia com a qual, com um pouco de água, construíram um castelo.

Depois de muitas horas e risadas, eles sentaram num banco que Pedro logo fez de cama, deitando a cabeça na perna do pai na intimidade de um travesseiro.

Sem palavra alguma, tudo era mais do que dito, era sentido. Não comeram nem beberam nada além de suas próprias imagens.

...

Matheus tinha as costas doloridas e os planos sobressaltados pela surpresa.

Como tinha pouca coisa de concreto, tudo o que era pensado evaporava feito gás. Filosofava, abstraía, mas nada passava o tempo até a volta do garoto para casa.

E, o pior de tudo, ele só poderia conversar com Moacir no dia seguinte, pois como explicar sua permanência durante horas no terreno vazio?

Viria no meio da manhã como quem veio dar uma olhadela rápida no lugar arrendado. Daí puxaria a benfazeja conversa que esclareceria seus métodos.

Foi só no final da tarde que o carro de Danilo entrou na rua Pontal.

O professor dessa vez não se levantou da cadeira. Apenas entreabriu o tapume a tempo de ver o pai entregando o filho à mãe, sem no entanto entrar na casa. Depois que Danilo se foi, Matheus recolheu suas coisas e voltou para casa introspectivo e totalmente convencido de que o pensamento, ainda que constituído por pastilhas de verdades, é dúvida.

Na outra manhã, tomou um táxi de rua e foi em busca das informações.

Quando chegou perto da banca de jornal, percebeu que Moacir não estava e que seu filho estava no caixa. Pagou o motorista e foi reto falar com o rapaz.

— Bom dia! Você é se não me engano o caçula do Moacir?
— Sou sim senhor. Meu nome é Romeu.
— Romeu!? Que belo nome! Bastante sugestivo...
— Como, senhor?
— Nada. Dizia apenas que seu nome já fez muita história e que é difícil ouvi-lo sem associar com os namorados. Mas deixa pra lá... Eu sou Matheus. — Disse ele esticando a mão para um cumprimento.
— Olá, seu Matheus! O senhor queria falar com o meu pai?
— Pois é, Romeu, eu vim aqui para dar uma olhada no terreno

que eu alugo ali embaixo e aproveitei para dar uma prosa com seu pai. Ele não virá hoje?

— Ele já está aqui, seu Matheus, só saiu para tomar um café na padaria.

— Ah, que bom! Então eu vou dar um pulo até lá e assim podemos conversar enquanto tomamos café. Certo?

— O senhor é quem sabe! Se quiser esperar aqui...

— Até já, meu rapaz! — Disse ele se dirigindo para a esquina.

Moacir, sentado no banquinho do balcão, tomava uma média com belo pão na chapa. Contente ao ver o professor, convidou-o a participar do pequeno banquete.

— Toma café comigo?

— Por certo! Como vai, Moacir?

— Tudo muito bem, graças a Deus. Faz tempo que eu não vejo o senhor! Tudo bem?

— Tudo indo! Ainda há pouco estive com Romeu, seu menor. Como veio a vontade de dar esse nome a ele?

— Coisa da minha esposa que é louca por aquela história.

— E que história... Tem vendido bastante?

— Olha, eu não posso reclamar. Daqui do comércio do bairro eu estou entre os que mais vendem.

— Acredito... quem fica sem ler jornal?

— Também. Mas o forte são as revistas... as fotonovelas e as novidades da moda.

— As mulheres... quem poderá explicá-las?

Moacir ficou olhando, sem compreender a complexidade do comentário.

— O senhor já está usando o terreno?

— Você acredita que eu ainda não tive tempo de tão assoberbado que eu ando! Aliás, vim aqui para saber as providências de limpeza que eu tenho que tomar antes de trazer algumas coisas.

Matheus fez o pedido ao funcionário e ficou calado pensando

no melhor jeito de começar a conversa. Moacir largou a falar de futebol, descrevendo vários placares da última semana. Com detalhes de dribles, faltas e gols que de nada interessavam ao professor. Numa pausa de assunto aproveitou e colocou a seguinte pergunta:

— Me diga uma coisa: o pai do filho daquela mulher que mora no 48 tem um carro vermelho?

— É o Danilo! Ganhou bastante dinheiro. Quando ele morava aqui, nem trabalho tinha. Era ela que bancava com as costuras. Mas se bem que todo mundo fala que ele é de família abastada. Então o senhor viu ele ontem?

— Não, foi outro dia... não me lembro direito...

— É, pode ser... Mas ontem ele veio buscar o menino para passear. Eu acho aqui para mim que essa coisa entre eles ainda não acabou.

Matheus engoliu a saliva. Mas sem se entregar continuou a especulação a respeito da vida de Lavínia.

Percebeu que já sabia de boa parte da história que o próprio Moacir havia lhe contado e que ele por defesa, talvez, havia esquecido.

Acabaram de tomar seus lanches e foram caminhando de volta para a banca. O dono assumiu o caixa e o professor, de posse do que precisava saber, simulou uma inspeção rápida no terreno.

Passou um tempinho, e ele surgiu novamente, dizendo que estava tudo em ordem e que provavelmente naquela semana traria suas coisas.

Despediu-se com um aceno para os dois, pegou outro táxi na rua e foi embora do bairro ainda sem saber para onde ia.

Focado nos números que despencavam do taxímetro, Matheus pensava na inutilidade que havia em arrumar alguns objetos para legitimar o propósito do espaço alugado. Quanta mão de obra, pensava. Sim, pois teriam de ser objetos que pudessem permanecer ao ar livre. Talvez numa loja de jardinagem, quem sabe, acharia as peças adequadas. Reservou a ideia para o dia seguinte, continuando assim a contagem da soma do táxi.

Evitou o que pôde pensar sobre a visita daquele homem que agora já sabia ser o pai. Tinha como meta naquela manhã comprar os tais objetos que também faziam parte de uma distração. Quando chegou à porta da loja, que mais parecia um galpão aberto, viu um mar cintilante de esculturas iluminadas pelo bom tempo que fazia.
Foi andando devagar pelo corredor formado por colunas gregas, vasos de vários tamanhos, fontes grandiosas, pequenos e médios chafarizes e anjos... muitos anjos, alguns com ramalhetes de flores nas mãos, outros coroados com longas túnicas.
As esculturas silenciosas, introvertidas, expressavam juntas a dificuldade de alcance dos sentimentos.
Existia uma visão impressionante do todo que remetia o homem à morte. Não só à própria, mas à extinção de todas as formas que vivem. A condição de que nada sobrevive, nunca.
Matheus se sentiu deslocado, despregado de angústia e desamparo na impossibilidade da garantia do que é vivo. A certeza que vem soletrada de morte. Uma vendedora surgiu de um labirinto e descompletou a solene concentração, o que deixou o homem cor de cera branca.
— Bom dia, senhor!
Ainda sem a voz na boca, Matheus olhou com esforço simpático para a mulher.
— Ah, sim... perdão, eu estava meio distraído... Gostaria de dar uma olhada numas peças para a decoração de um cenário que eu estou montando.
— O senhor já tem alguma ideia do que seria?
— Bom, para falar a verdade não precisamente... mas digamos

que eu vou precisar ao todo de umas três esculturas. Vejamos... Um vaso grande, hum, uma coluna... um chafariz... e um anjo... um anjo com certeza.

— O vaso que o senhor fala seria uma ânfora?

— Ah! Perfeito... uma ânfora... — *Que bela palavra*, pensou.

— E o chafariz? Prefere simples ou com alguma figura?

— Aquele menino segurando um peixe me parece adequado. Agora o anjo... eu gostaria que a senhora me mostrasse todas as possibilidades.

— Bem... nós temos várias... não sei se o senhor notou, mas é a nossa especialidade. Geralmente são usados na decoração de túmulos e, modéstia à parte, temos obras em todos os cemitérios da cidade. Às vezes, algum excêntrico decora o jardim com uma peça... mas é raro, nesse caso, os que mais saem são os querubins.

— Ah... muito interessante... ter anjos espalhados pelo jardim.

— De que tamanho o senhor gostaria das asas?

Um anjo tem que ter asas grandes, com inúmeras ondas de plumas que protegem os nossos medos e fraquezas, refletia Matheus sobre a entidade que de fato guardaria sua aflição.

— Aquele ali de grandes asas, com o ramalhete de lírios nas mãos.

— Então o senhor não quer que eu lhe mostre os outros?

— É... até parece que foi ele que me escolheu!

— Desculpe a ousadia... eu nem sei a sua crença, mas que sempre acontece um mistério, um secreto na hora de levar um anjo, isso acontece.

— Acredito, minha senhora. Adquirir um anjo, ainda que de pó de pedra, não deixa de ser um fato inusitado.

Um chafariz médio, uma ânfora rosada, uma coluna grega e um anjo de estatura alta fecharam a compra insólita do professor.

— Agora o senhor me acompanha até o caixa para efetuarmos o pagamento e anotarmos o endereço para entrega.

— Não! — Disse enfaticamente o homem. — Quer dizer... eu virei buscar com um veículo adequado.

— Não tem necessidade... se o senhor quiser acompanhar a entrega é só marcarmos a hora e o dia que senhor pode ir junto.

— Bom, já que é assim... a sugestão me parece boa. Poderia ser amanhã?

— Vejamos... amanhã, às três da tarde está bom para o senhor?

— Não poderia ser melhor — Disse Matheus, colocando o pagamento em notas miúdas em cima do balcão.

Saiu do lugar, satisfeito com mais uma etapa cumprida da sua jornada.

Tudo o que Matheus queria dentro de uma dinâmica barroca era sentir.

Pensar, dizer a repetição de tudo já feito, dito, mas sempre acrescentado de um traço único do olhar de quem é. Sabia que estar vivo é fazer laços. De todas as linhas com que somos escritos, o amor é a palavra carnificada. Lavado o perfume impregnante da paixão, ele é o branco que alveja o linho para que a semente cresça. Já não havia a preocupação exacerbada em não ser visto. Acertar a entrega pela parte da tarde alargava sua alma em novos critérios.

Talvez desejasse até que o encontro se desse no meio de um tumulto angelical.

Mas isso era apenas uma suposição.

O furgão entrou na rua Pontal quase às cinco da tarde. O professor foi direcionando o motorista para que a porta traseira do veículo ficasse bem em frente ao tapume que fechava o terreno.

Saltou e rapidamente abriu o cadeado da corrente. Depois coordenou simetricamente a disposição em que ficariam os objetos dentro do espaço.

A rua estava vazia e ninguém foi testemunha daquele momento único. O furgão deixou o local, e o homem fechou o tapume como uma cortina que esconde o cenário no final do ato.

No centro dos objetos o homem se percebeu farto de tanto adiamento.

Quanto mais tempo demorasse para falar com ela, mais chance havia de o pai do menino ganhar o afeto que, de tão forte sentido, talvez ainda tivesse uma sobra. Mas Lavínia surgiu no começo da rua com duas pesadas sacolas de compras. Cansada pelo peso, parava no meio dos passos para tomar fôlego até chegar na porta de casa.

Matheus, movido por um impulso irresistível, abriu o cadeado puxando a corrente contra o corpo.

Era a hora perfeita para sair do encantamento. Esperou, atento como uma fera, o momento certo de investir sobre a presa.

Saiu de dentro do terreno, parando no meio da calçada em frente a ela.

A mulher, atônita, largou as alças das compras que, soltas, rolaram pelo chão de cimento.

O ar parado fixava a cena inesperada daquele momento.

Os dois se olharam como olhos interrogados de emoção e desejo. Não havia nada entre eles a não ser o tempo de espera como fole.

O homem se aproximou, deixando os frutos escorregarem de volta na sacola, enquanto firmava o olhar como ímã de prata no fundo dos olhos dela.

Pegava as frutas tombadas pelas mãos esticadas e, conforme juntava as cores sumarentas, sentia o perfume que desprendia da figura trêmula de Lavínia.

Apenas se sabiam. Nada conhecendo da essência de cada um, ali estavam para dar vida ao concreto do instinto puro.

A voz presa erguia o medo da brutalidade do conhecimento.

Por que não deixar aquilo parado no silêncio que mantém o acordo do sonho?

Mas um sorriso de musculatura incrédula beijou a boca de Matheus que se abriu numa entrega sem reservas.

Os dentes separados desenhavam pelo rosto maduro uma energia de menina. Matheus balançou a cabeça inebriado de sentimento. O efeito claro de um encontro que transborda as imagens.

— Pensei que jamais virias. Cheguei até a achar que não tinhas pegado o bilhete.

Matheus sorriu, surpreendido pelo sotaque português inesperado na sua imaginação. Queria responder suas palavras, dizer o quanto esperou por aquele minuto, mas no medo nada se constitui inteiro.

Continuou calado na expressão de afago e sem a mente beijou suave o canto da boca de Lavínia.

— Onde estavas, para surgir assim do nada?

— É uma longa história! — Disse Matheus rompendo o jejum.

— Espera que vou deixar a sacola em casa. Depois podemos ir até algum lugar para falar?

— Sim, eu te espero.

Lavínia seguiu para casa carregada pela emoção de quando nos acontece aquilo com que tanto sonhamos. Colocou as compras na cozinha, lavou as mãos e sem secá-las refrescou o rosto.

Encontrou Matheus, de quem nem sabia o nome, parado no mesmo lugar.

— Podemos ir aqui perto, em qualquer lugar de café.

— Não... se você puder eu prefiro ir num lugar distante daqui.

— Claro... eu tenho tempo bastante. Podemos ir a outro lugar.

Juntos, sem jamais se conhecerem, tomaram um táxi para falar aquilo que não pode ser dito.

O homem conduziu o motorista até um bairro arborizado de praças.

— Vamos saltar aqui — disse ele firme tirando o dinheiro da carteira.

Desceram numa esquina em frente a uma casa de chá antiga com imensas portas de metal que lembravam as de uma igreja.

— Eu gostaria muito que você conhecesse esse lugar. Eu venho aqui desde menino.

Lavínia, perplexa, seguia aquele homem como hipnotizada, sem que fosse sequer necessário lhe perguntar o nome.

...

A falta de equivalência da situação me desconforta a alma.

Apesar de não lhe saber, ainda, os códigos físicos já guardam na mente um bocado da sua história. Sei-lhe o nome, o filho, a guardiã e o peso dos desenganos.

Entramos e nos sentamos numa mesa recatada, depois da escada de caracol que leva ao andar de cima.

Nos olhamos quietos, sem romper o segredo que firma a aproximação.

Peço que nos tragam chá de jasmim e um pouco de leite à parte.

— Talvez queira tomar outra coisa! Perdão pelo hábito de sempre estar só.

— Jasmim me parece perfeito... bem eu... ainda não sei o seu nome, e você também não sabe o meu.

Sorrio em parceira ao desconhecimento dela.

— Matheus é como eu me chamo. E você?

— Lavínia. Finalmente pudemos nos apresentar. Eu estou muito curiosa para saber como você apareceu... Um passe de mágica? — Disse ela, com humor.

Uma gargalhada descontraiu Matheus para trás na cadeira.

— Não! Mágico ainda não... mas quem sabe um dia...

Tenho o ímpeto de contar-lhe toda a verdade, mas a entrega seria demasiada, por isso me retraio... não, ainda não.

— Digamos que eu dei sorte! Fui checar o endereço deixado no livro e encontrei você voltando das compras.

— Não queres que eu acredite nessa fantasia!

— Sim, quero. Aliás quero mais ainda...

— O que dizes?

— Vamos imaginar que cada um veio do seu devaneio a respeito dessa história e pelo menos por ora vai guardá-lo com o cuidado de um cristal.

— Seria então a quimera tão pregada por Emília?

— Quimeras passam longe da realização e o seu rosto... eu posso tocá-lo concreto...

— Você fala de um jeito com as palavras que elas assopram o ouvido.

— É verdade... a minha profissão nada mais é do que um vendaval de palavras. Hoje eu não trabalho mais, fui aposentado da universidade. Eu era professor de literatura.

— Professor? Nossa, que profissão linda! E ainda de literatura... minha mãe precisava estar viva para conhecê-lo... ela amava as letras, os livros... eu ainda tenho alguns... mas não tenho muito talento para a leitura.

Há nela uma genética cultural que se manifesta nos gestos, no tom da voz na maneira de levantar as frases.

— Você disse que é sozinho?

— Viúvo. Já faz muito tempo. Não tive filhos, portanto jamais terei netos. Sem descendentes.

— Eu nunca me casei. Quer dizer no papel. Morei uns tempos com um homem e dele tive um filho que vai fazer seis anos e que se chama Pedro. Ganho a vida com a costura de todos os tipos, inclusive a alfaiataria. O pai de meu filho saiu de casa antes de o menino nascer. Bem, é uma longa história... O fato é que eles acabaram de se conhecer.

— Entendo... cada um com seu enredo, não é?

É impressionante a transparência da fala de Lavínia, o que me comove além do esperado.

Penso no quanto a vida é feita de morte. Só existe a morte. Do tempo, das coisas de tudo o que se consegue apreender. A morte é deixar de ser.

Ela conta, animada, um assunto que eu não ouço, absorto pelo movimento dos cabelos que sistematicamente são jogados para trás dos ombros magros.

— Você está longe... não parece estar nessa conversa!

— Um pouco distraído, talvez, mas inteiro aqui.

Parecia que meus olhos passeavam em outra dimensão. Eu sentada ali na frente daquele homem impossível, como dizia Emília?

— Poderíamos jantar juntos hoje ou quando você puder.

— Sim, poderá ser ainda hoje. Eu tenho como deixar Pedro com Emília.

— Ótimo, então fica combinado: eu passo em sua casa às oito. Está bom assim?

— Sim, com certeza.

Pago a conta e, sem muita conversa, saímos em direção à rua Pontal.

Lavínia desce na porta de casa enquanto eu continuo a corrida no mesmo táxi.

Estou calmo como se fosse outro, como se fosse com outro. Há uma suavidade na temperatura do dia que talvez ajude nos temores do corpo.

Entro em casa precisando dar umas baforadas para esticar o pensamento.

Não que eu esteja confuso, mas o momento pede uma forma de meditação.

Se tivesse música, seria aquela a hora de ouvi-la. Mas o

silêncio da casa faz tocar os ruídos da rua que me levam a uma prece. Um mantra de qualquer credo embalaria ali todo o meu embevecimento por ela. Lavínia, Lavínia, Lavínia, repito em som enquanto mergulho o cachimbo no pacote de fumo.

À medida que fumo, o rosto dela sai desenhado da minha boca numa corrente de fumaça.

A espera de uma noite como aquela está perdida no meio do que resta do tempo. Se pudesse apertaria cada segundo para retardar a sensação que o desejo vibra diante da fome.

Fecho os olhos dentro dos olhos dela que, de tão perto, se incorporaram aos meus.

...

O barulho da televisão que vem da sala de Emília desvia minha entrada em casa. Não consigo suportar o que tinha acontecido sem dividir um pedaço. Era muito. Vou entrando portão adentro sem dar tempo à minha sombra.

Emília, grito junto, com a voz de um apresentador que entrega prêmios a um menino que acertara todas os nomes de um jogo sobre músicas.

Depois de alguns instantes interrompo a algazarra, abaixando o volume do aparelho.

— O que é isso, menina? Estás louca de atrapalhar meu programa predileto no melhor momento?

— Emília, me escuta e sei que me perdoarás!

— O que é? A rainha da Inglaterra está por acaso na banca do Moacir?

— Não, minha amiga! Muito mais inacreditável do que isso.

— Pois! O que é então?

— Ele, Emília! Ele apareceu!

— Ih! Quem aparece geralmente é fantasma!

— Falo sério... o homem por quem eu espero há tanto tempo chama-se Matheus, e vamos jantar ainda hoje.
— O quê? O tal do livro na loja do centro?
— Exatamente! Deus seja louvado, que atendeu a minha prece. Aliás devia estar em casa acendendo uma vela em agradecimento em vez de assistir a sua indiferença!
— Calma, mulher! Abaixa o facho que estás por demais abestalhada. Agora senta e me conta tudo como foi.

Eu falo, conto, digo, e a portuguesa me ouve por cima dos óculos. O meu dizer gira as paredes como os rodopios de um tango. E, de repente... eu me dou conta da presença pequenininha de Pedro que escuta tudo encostado no batente da porta.

— Filho! — Digo, me recompondo da emoção. — Não tinha te visto!
— Eu fui pegar o menino na escola como tu pediste, só que me atrasei e ele ficou um bom tempo esperando — disse Emília para que a criança não percebesse o meu esquecimento.
— Como sabias que eu tinha me esquecido? — Falo entredentes.
— Ora, filha, pela falta de notícias de tua casa fechada, logo soube que esquecerias da saída.

Pego Pedro no colo com o peito apertado de culpa. O menino, de tão bom que é, me abraça e me envolve forte com seus braços de perdão.

— Vamos até o quarto, pois quero que concertes uma saia que me parece frouxa.

Coloco Pedro no chão e vou continuar a falar da surpresa que me foi trazida naquele dia.

— Conta, filha, que estou sem palavras para ouvir.
— Não é sonho, nem miragem o que se deu. O homem veio até mim disposto a me querer. Fomos a uma confeitaria antiga num bairro abonado que não sei direito o nome e, te confesso, fiquei tímida de perguntar. Conversamos como fora do tempo coisas

de nossas vidas. Então ele, determinado, me chamou para jantar hoje, daqui a pouco... ouve a pulsação do meu corpo — Digo, levando a mão de Emília ao meu coração.

— Minha nossa senhora! Vais estourar a pressão se continuas assim, desse jeito descompassada.

— Como queres que eu entre na tranquilidade de um compasso? É ele, criatura!

— De fato, faz sentido que sintas assim.

— Tomas conta de Pedro hoje por mim?

— Vai calma, que eu fico com o menino para dormir.

Volto para sala onde Pedro assistia televisão.

— Mãe, meu pai vem agora quando?

Intuição de bichinho tem esse meu filho desde que nasceu.

— Logo, já já, muito antes do que esperas. Podes ligar para ele amanhã e dizer que estás com saudade, que tal?

— Acho que ele vem me ver — Diz Pedro, espantando o ar desconfiado.

— Feito! Hoje dormes aqui, pois tenho um compromisso de jantar. Vou pegar tuas coisas e volto em um minuto.

...

Lavínia mal trançava as pernas de nervoso. Rapidamente, pegou o que o menino precisava, deixou tudo com Emília e voltou para casa.

Respirou fundo, acalmando a vibração tumultuada que sentia. Foi para o quarto, abriu as portas do armário e sentou na cama para assistir às roupas.

Criticou umas, elogiou outras, sempre atenta aos detalhes de sedução.

Procurava um vestido único que talvez nem possuísse. Mas ainda assim vestiria um que, na emoção do corpo, se tornaria aquele.

• • •

Matheus não é mais um homem jovem. A expressão do tempo vinca seu rosto de um jeito organizado, causando uma harmonia. Belo, sem ser bonito.

Escolho o modelo que melhor me ajeita a cintura e, ao olhar pelo espelho, penso se um dia me conhecerei velha. Envelheço meu reflexo sem esforço de imaginação. Voo solta dos tormentos que demarcam as terras entre nascimento e morte. Com um sentimento de continuidade e impermanência, sem planos para segurar. Fico ali, brincando de tempo, voltando os rostos que até então a vida havia me dado.

• • •

Impregnado pelo perfume de sândalo que exalava do cachimbo, Matheus achou por bem começar a se paramentar.

Para encontrá-la oficialmente pela primeira vez, iria de terno ou esporte? Apesar da noite que começava a trazer uma temperatura fresca, não havia necessidade de se agasalhar. Mas um paletó era indispensável. Talvez um terno sem gravata fizesse uma boa presença, além de afinar-lhe a silhueta.

Pendurou o terno no trinco da porta, pegou na gaveta uma camisa de listinha azul sem a preocupação com os acessórios. Sapato, cinto, etc, despojado... era essa a ideia.

Depois de uma chuveirada fervendo, esticou no pente os cabelos para trás com muita brilhantina. Com uma pequena tesourinha começou a aparar os fios que lhe deixavam as sobrancelhas diabólicas. Era curioso... como no envelhecimento os cabelos se comportam enlouquecidos. Se de alguns lugares somem, em outros nascem às pencas. A barba já ia rala, quase nem precisava fazê-la. Em compensação as sobrancelhas...

O sabonete bastava para perfumar; mais do que isso seria exagero.

Vestiu a camisa, tirou de uma caixa um par de abotoaduras de ouro, mas em seguida as trocou por outras de prata. Percebeu que seria inevitável a contenção de certos hábitos. Simplicidade, seria esse o seu norte em todo o percurso com Lavínia.

Pensou em Laurindo e nos passos todos daquela história desde o princípio. Seria até uma ideia chamar o motorista para levá-lo, mas o constrangimento das perguntas para explicar como tudo se deu... não. Se o homem não fosse tão falador... porém não era esse o caso.

O fato é que estava pronto, e o tempo real de casa a casa era longo.

Quando apertou a campainha do 48, pôde escutar a ansiedade da mulher tocar o chão com os passos.

A rua deserta afastava a penumbra com as luzes das janelas abertas ou apenas fechadas pelos vidros.

Ela abriu a porta e ficou olhando Matheus sem conversa.

— Cheguei em ponto, no horário marcado.

— Uma delicadeza, posso lhe dizer. Vamos entrar ou já sairemos direto?

— Direto! — Ele respondeu, com os olhos voltados para dentro da casa a fim de ver o menino.

— Vou pegar minha bolsa e apagar a luz.

Lavínia foi rápida. Quando fechou a porta, enroscou seu braço no de Matheus com a força de um costume. O homem acolheu o impulso amorosamente. Os dois seguiram caminhando, sem sentimentos dúbios. O nome do que pensavam? Não importa. As situações se transformam, as coisas mudam e as pessoas se percebem algumas vezes maiores.

• • •

Assim começa o roteiro dos nossos sentimentos.

Não ter forma nem estrutura possibilita que tudo apareça e se erga, tenro, aberto, amplo.

A caminhada desliza fácil, diferente da dificuldade que eu havia elucubrado.

A mulher que aperta meu braço deixa o ar solto na leveza das pernas, como um tipo de baile que segue o arranjo matemático das notas.

— Qual será a programação?

— Jantar, talvez, e depois... bem é depois.

— Podemos passear, a noite está tão agradável... que não posso imaginar um lugar melhor do que essa paisagem.

Sem destino, ao ar livre, chega a ser uma ousadia. A falta de planos me testa na coragem de ser simples. Como me custa o desapego... não fui criado para isso.

— Sim, acho que a sua proposta é sem equivalência.

— Então começamos por aqui — diz Lavínia me puxando para uma ruela que pensei ser sem saída.

— Vou te mostrar o bairro, que não conheces, nos seus pontos mais pitorescos.

E, quando vejo, eu já estou lá, irremediavelmente surpreendido.

Procuro de cabeça um poeta para dizer tudo aquilo que me é impossível. Mas nada, a mente vazia prova a inutilidade das palavras que eu havia guardado.

Eu me saboreio como uma possibilidade. Plástico, posso ser de qualquer jeito, desde uma evolução metódica até um achatamento contrário.

• • •

Matheus e Lavínia espiavam as casas, tentando adivinhar pelo aroma vindo nas correntes de vento qual seria o prato do jantar.

Uma brincadeira, um aprendizado fora dos costumes deles mesmos. Mão na boca para abaixar o volume da risada, braço na barriga na curvatura do corpo, ocuparam o caminho da calçada, atravessaram as ruas até a raia que muda o nome do bairro.

— Agora me deu uma fome! Não de prato de comida... fome de beliscar...

— Então está feito. Vou te levar num botequim um pouco mais adiante onde são servidos os melhores salgados que alguém já viu. Ai, se a Emília me ouve... elogiar assim um pastel de forno que não é o dela...

— Essa Emília... é um esteio na sua vida.

— Mais que isso... não tenho como classificar sua importância em todas as minhas épocas.

— É interessante como a profundidade de alguns laços escapa do biológico.

— Sempre penso nisso. Mas também acho que o sangue tem voz alta quando se trata de afeto. Meu filho Pedro, por exemplo, teve uma identificação imediata com o pai. Embora tenham se conhecido somente agora, se afeiçoaram de imediato nos traços.

O homem se sentiu desconfortável com o comentário dela. Escutava excluída a possibilidade de uma aproximação estreita com o menino. Mas não externou a ponta de mal-estar.

— Gostaria de conhecê-lo um desses dias.

— Terá que me dar um tempo. Pedro acabou de conhecer o pai, e se logo apresento um novo homem em minha vida não sei como reagirá. É melhor para o conhecimento um pouco mais de tempo.

— Claro, você está muito certa na sua prudência.

— Vai chegar a hora. Nem antes nem depois. Como foi conosco, certo?

Naquele encontro já estavam embutidos outro e mais outro e muitos outros que viriam na sequência.

— O lugar parece sórdido, mas a cozinha é muito limpa. Eu mesma conheço a moça que faz os quitutes.

— Não resta dúvida de que a última vez em que estive num desses foi na esquina da faculdade. Tem chão....

— Olha, vagou uma mesa bem ali no fundo. Vamos antes que alguém se adiante.

Eles sentaram e escolheram os pecadilhos sem critério. O garçom anotou o pedido num bloco pardo e, quando saiu, bateu com força o pano de prato na mesa.

Ao mesmo tempo que um tinha interesse nos personagens do outro havia uma vontade encoberta de nada saber.

Não o tempero de um mistério, mas uma disponibilidade para o início.

Afinal de contas, se a relação perdurasse, todas as situações anteriores seriam nomeadas.

Matheus corria o olhar pelas paredes espelhadas do bar. Com tinta branca, escritos nos espelhos, se distribuíam os nomes que também estavam no cardápio.

Uma outra dimensão, pensava.

— Sabe... para mim o envelhecimento é um critério variável. Eu, por exemplo, nunca fui jovem. Ainda criança me sentia feito velho.

— Ué... mas tem velho que sonha feito criança.

— Eu sei, você sabe do que estou falando. Sempre uma descrença íntima. Sem confiança em ninguém, mas, sobretudo, em mim mesmo.

— Que sofrimento não acreditar. Agora você me parece diferente, não?

— É, pode ser... talvez faça sentido o que você diz.

— Pode ser... talvez... é muito aberto, é sem dia.

— Lavínia... como me faz bem estar contigo... é como um sopro fresco. Tens uma sabedoria que ignoro... mas faz dela uma vantagem... assim como se tivesses uma bússola. E é verdade... teu conhecimento é tua ferramenta de vida. As tuas imagens de pensamento brotam da sabedoria daqueles que nascem com ela. Penso isso. Quem sabe sabe por uma bagagem inata.

— Você usa todas as palavras que leu quando fala!

— É mesmo... gosto de usar todas as formas disponíveis para dizer.

O garçom colocou sobre a mesa vários pratinhos de louça branca com vários tipos de salgados. E, para cada um, um gole na caneca de cerveja escura.

— Vamos a eles como Napoleão na primeira batalha!

— Um brinde feliz pela preciosidade desse encontro — disse ela erguendo a bebida. — A isso tudo que nos aconteceu.

Calados, eles se olhavam enquanto sorviam as iguarias entre os goles corpulentos de cerveja.

O homem não lembrava mais a sua história. Aliás nunca deixava de imaginá-la diferente a cada vez que pensava nisso. Não sabia se era filho único ou se crescera rodeado de irmãos. A mãe era lembrança, ora com as mãos impregnadas de farinha, ora distante dos alimentos, envolta em seda e pérolas. Qual cena era realmente a sua?

O único registro preservado era o exercício da magistratura. Antes disso havia o tempo apagado e, por isso mesmo, passível de se inventar.

— Essa melancolia que sai do seus olhos vem de alguma lembrança?

— Sim, talvez. Vem de um tempo misturado de emoções e retratos sem precisão.

Lavínia fechou as mãos dele dentro das suas. Depois sorriu enternecida sem nada dizer.

— O que importa é o que está sendo, e não o que foi.
Bálsamo acalorado de infinito conforto. Matheus cerrou os olhos lentamente.

...

Quando saímos do lugar, começamos a analisar as estrelas espalhadas pelo índigo do céu noturno. A sua matéria-prima de gás e poeira, a formação cintilante que explode nos olhos de quem vê.

Não me lembro mais da minha memória desvirtuada, nem do vão que agora ocupa o seu espaço.

O fascínio é um estado e graça. Sempre questionei o que se falava sobre o nirvana da graça como sensação religiosa. Tolice, eu vivo ali um momento tão redondo quanto um mantra.

Em silêncio, voltamos à rua Pontal, 48, que se ilumina bem mais escurecida. Como um desejo entorpecido sinto sua boca doce beijando meu rosto, meu pescoço, meus lábios. Eu abraço seu corpo, respiro sua pele, sinto seus cabelos cobrindo os meus olhos.

Depois ela se afasta, colocando a chave na porta.

— Quando nos veremos de novo? — pergunto, incerto.

— Eu ainda não sei. Preciso ver como estão e como vão ficar as coisas aqui em casa. Assim que souber eu te procuro, eu te telefono.

Beijou a palma da mão, fazendo dela o meu próprio rosto. Apesar da minha vontade imensa de entrar e continuar as carícias, fico firme. Apenas retribuo com afeto o mesmo gesto que ela fez.

...

Sem Pedro em casa, Lavínia pôde se atirar na cama para olhar no teto as sombras que vinham das luzes do quintal.

Amor, meu Deus! É amor o que corre pelo meu corpo! Ainda sou este estado de emoção. Eu que me pensei já morta para essa intensidade.

O sapato frouxo que escorregou do pé bateu forte na madeira, provocando um tremor no deleite de Lavínia. Ela sentou na cama rápido, ajeitando o vestido que, encurtado, deixava à vista suas coxas roliças.

Mas o estado de alerta era inútil. Sem a mínima concentração, ela foi tirando a roupa, abriu o chuveiro, e encostada no azulejo da parede sonhava a água que escorria.

O dia começou atarefado com um acúmulo de costuras para entregar. Com a dispersão da véspera, o trabalho por fazer ficou juntado em cima da mesa.

No final da manhã, depois de levar Pedro para a escola e ir às compras no mercado, Emília apareceu esbaforida, falando alto, querendo detalhes do encontro.

Lavínia atarefada, pisava o pedal da máquina que chuleava o tecido com velocidade.

— Então, o que é que se passou ontem à noite?

— Não posso me distrair agora, Emília! Tenho menos de uma hora para entregar pronta essa peça de roupa. Perdão, mas eu já falo contigo.

— Se queres saber de uma... Pedro está bem esquisito. Hoje, bem cedo, ligou para o pai. Disse que tu sabias.

— E daí, o que eles falaram? — Perguntou ela, sem interromper o ritmo do trabalho.

— Falaram pouco. Combinaram de se encontrar ainda hoje. Depois do escritório, Danilo ficou de vir aqui para vê-lo.

— Hoje! Ainda mais essa! Mal me recuperei de um e já tenho

que encontrar o outro.

— Que estranha vida essa! Faz pouco e não tinhas ninguém. Hoje reclamas por teres dois!

— Não estou reclamando... só um desabafo por tanta emoção.

— Filha, coloca tua razão no lugar. Tens o menino e, bem ou mal, Danilo faz contigo uma família.

— Emília, Danilo é um homem comprometido.

— É até deixar de ser, e tu bem sabes disso. Basta estalar teus dedos e essa situação se altera.

— Agora não posso pensar em mais nada além dessa entrega. É já que o motorista da freguesa bate na porta.

— Tá bem! Jogamos esse assunto para depois.

O ruído do motor atordoava as imagens de Matheus que vinham quentes de atração. Não amava mais Danilo... não da mesma maneira, apesar de jamais tê-lo esquecido.

Amaria outro homem sim, sim. A possibilidade lhe incendiava o corpo.

Porém o amor por Danilo estava lá, cravado no mais profundo chão que lhe sustentava a alma.

Depois que Emília saiu, a mulher tirou a costura da agulha, esticou na mesa e, com o ferro morno, foi desmanchando as ondulações que ficaram no tecido. Dobrou de leve e envolveu a encomenda numa folha de papel pardo.

Pegou o filho na escola sem, no entanto, demonstrar nem uma pontinha da tensão que lhe apertava o humor. Quieta sobre a visita do pai, Lavínia distraiu Pedro para ver se o moleque contava sobre o assunto. Mas a chegada de Danilo disparou a corrida do menino sem tempo para a conversa.

— E então, meu filho, que surpresa boa o seu telefonema! — Disse o homem, pegando Pedro no colo.

— Eu queria muito te ver, pai! Mãe, você vai com a gente dar uma volta de carro?

— Pedro... — Respondeu ela, atrapalhada com o pedido. — Tenho muito trabalho acumulado...

— Por favor, mãe, vamos... só um pouco...

Danilo e Lavínia se entreolharam, surpresos pelo repentino movimento do menino.

A realização de uma vontade adormecida e o início de um sentimento pensado como extinto partiram seu corpo em dois pedaços distintos.

Amava em Danilo o homem, a história, o filho. Sentia em Matheus a possibilidade de amar novamente sem marcas.

O homem aproveitou a hesitação dela para reforçar a vontade dos dois.

— Vamos lá...você não pode negar um convite desse...

— Mas na verdade eu tenho mesmo muito trabalho... — Titubeou a mulher na sua desculpa. — Mas podemos ficar por aqui e, de repente, fazer um lanche. Assim eu retomo logo minha costura, não me atrasando no prazo. O que acham?

Não havia como argumentar a tal colocação. Tanto Pedro quanto Danilo ficaram engessados com a proposta de Lavínia. Como prejudicá-la nos afazeres?

— Bom, é um convite daqueles não acha, filho?

— Tá, mãe. Mas você só vai trabalhar depois, né?

— Isso Pedro, só depois... — Falou, aliviada e ao mesmo tempo contente com a eficácia da resolução.

...

Meu pai colocou uma caixa comprida, fininha, em cima do sofá ao lado da minha perna. Baixei os olhos para o pacote, entendendo que se tratava de um presente. Deslizei o braço e fui caminhando com os dedos até agarrar o embrulho.

Quando desfiz o laço e abri a tampa, meu rosto vibrou no vidro de um relógio com ponteiros e números dourados.

Pronto. A noção do tempo entrou em minha vida, e eu tinha seis anos.

Num momento único, ele me revelou os segundos, os minutos, as horas.

Quando não se tem o tamanho do tempo, a vida não tem pausa. Embora, de fato, não exista um descanso de existir, o sono, as férias, os dias de folga ressoam como uma espécie de trégua, de ponto morto onde podemos descansar das nossas defesas, dos nossos alertas.

O início marca onde começa — a origem de onde vem.

A pele do meu braço, pequeno, era muito clara, e as veias azuladas eram verdes como caules molinhos que se enroscam na memória de uma superfície.

As flores da minha infância são veículos sem tempo que me conduzem por todos os espaços contidos na impermanência.

Aquela cena do relógio se partiria em muitas outras com algumas mudanças pela variação de nitidez.

Mas o momento era o retrato que eu sonhava. Meu pai, eu e minha mãe como uma geometria sagrada.

...

Matheus, na eterna calma do seu ritmo, oscilava entre dar continuidade ao caso ou deixar de lado a ousadia de amar.

O telefone continuava mudo, e o número anotado numa tira de papel estava preso embaixo do aparelho.

Faltava-lhe coragem, gás, ânimo ou sabe-se lá que nome era aquilo que ele não tinha. No entanto, não poderia deixar de observar que as distâncias que se faziam concretas aumentariam a intensidade dos encontros.

Sua rotina chata, sem espaço para trepidações, era o que lhe fincava os pés na vida.

A certeza eficiente do seu rosto e do seu corpo estarem protegidos por todos aqueles tijolos que erguiam as paredes de seu sobrado. Loucura? Longe disso. Era ali que um mínimo de foco lhe acalmava o delírio de não conseguir mais se concentrar.

Pensava em Lavínia, sim, mas sua mente escapava como uma gota de mercúrio. Logo ele, um professor, cujo ofício é feito de atenção.

A violência do tempo havia partido o barro em torno do qual ele se moldara.

As vozes da mocidade rodavam soltas nas suas reflexões. Conversas sem consistência.

— Eu, por exemplo, aos sessenta quero a vida sem compromisso. Decidir o que fazer sem planilhas prévias.

— Não sei... será que a gente não se enfastiaria?

— Tá brincando? Quer melhor do que uma agenda em branco?

— Sim, parece tentador... mas tem uma hora que enche não ter rotina, comprometimento.

— Mas é um comprometimento! Só que com a invenção!

— Pois é isso! Ter que ficar inventando tempo integral também é dose.

— Matheus! Deixa de preguiça... será que você não se acostumaria sem o cravo do calendário?

— Acho que sim, né? Mas ainda falta tanto tempo... e até lá que saberei eu de mim?

O homem chegava a ficar com a cabeça vazia apoiada nas mãos. Com os cotovelos equilibrados no parapeito da janela olhava o movimento sem nenhum registro de ideia.

Lavínia era praticamente seu único fio com o concreto.

Ela, que nada sabia sobre aquele esvaziamento gradual, cujo andar apagava passo a passo o fulgor de uma inteligência incomum.

• • •

O fio condutor de uma história é uma ponte com seus extremos amarrados de tal forma que em algum momento se encontram. Não. A intenção, aqui, é ser leal aos pedaços de lembranças que não necessariamente são sequências.

• • •

Depois que Danilo foi embora e Pedro adormeceu agarrado ao seu relógio, Lavínia decidiu que no dia seguinte ligaria para Matheus.

Tomaria a frente do sentimento, ganharia terras sem divisas para construir uma relação constante.

Imbuída pela mudança de direção, apagou cada comutador de luz da casa com a mesma crença que pontua uma sentença.

Um tempo longo, comprido, passou e Lavínia deixou no canto a ligação para o professor. Danilo estava incorporado na intimidade da casa, apesar de entre os dois não haver nenhum tipo de tensão erótica.

Tinha cuidado, afeição, mas na mágoa deles predominava a falta, sem espaço para acerto.

O menino crescia, o pai continuava casado e o encontro com o irmão já não era mais assunto.

Com a falação de Emília e o beicinho de Pedro, a mulher se esqueceu.

• • •

Matheus virou um texto parado, sem nenhum tipo de ação.
O intervalo do último encontro com Lavínia para ele inexistia.

O vizinho, preocupado com o silêncio do homem, sempre tocava a campainha para saber se ele precisava de algo.

— E então, ilustre! Estou indo até o centro, quer alguma coisa de lá?

— Não, amigo, agradeço a gentileza, mas não estou precisando de nada.

— Do mercado, talvez? Algumas frutas.... Me perdoe a intromissão, professor, mas a sua empregada continua vindo fazer-lhe a comida?

— Não... eu mesmo tenho feito a comida e a limpeza. Sabe como é, acaba por preencher os meus horários vagos. — Disse, sorrindo para acalmar a inquietação do vizinho.

— Não querendo abusar... já que tocou nesse assunto, eu tenho uns artigos de mitologia em inglês que precisam ser traduzidos. São preciosidades que me caíram nas mãos, e o meu conhecimento da língua é precário. Acabo então por perder grande parte do entendimento. Quem sabe o professor poderia me ajudar?

— Está aí uma boa coisa! Faço isso com muito prazer — respondeu, com animação.

— Está certo! Quando voltar da cidade trago-lhe os capítulos.

O professor empolgado foi logo até a estante procurar os dicionários já gastos de tanto uso. Achou dois grandes e um pequeno que usava para viagens. Retirou os livros da prateleira passou uma flanela para tirar o pó e com eles fez uma pilha em cima da mesa.

Puxou uma cadeira, pegou um maço de folhas pautadas e começou a escrever palavras aleatórias que vinham em sua mente.

De cada palavra escrita deveria aparecer uma outra, e assim sucessivamente até formar uma árvore de ideias.

Era um exercício antigo que havia aprendido para descongelar a escrita.

Conforme foi colocando as unidades na folha, foi percebendo que lhe vinham apenas substantivos. Nada de verbos, de início. Nenhuma estrutura de ação.

Seu corpo foi ficando leve, e daquela brincadeira foi surgindo mais do que a palavra pura.

Começou a andar pelo papel uma forma de pensamento.

"*No rosto, o espanto da impermanência. Desaprender o hábito que paralisa o novo, a mudança, o encontro.*

Daquilo ficou o retrato, a revelação quieta na memória.

Uma esquina de cimento fumegante pelo sol das doze de um tempo desfeito.

O olhar é um pedaço profundo guardado num frasco de vidro verde.

Atento aos sinais — partículas, tensas, que se desprendem das palavras intrusas.

A água veio pensada num fio contido de confiança. Nela, eu me banhei de ausência, inalcançável de remorso.

O sentido do meu nome. Não aquele por quem me chama, mas o signo cru do mistério.

O nome próprio sem a importância do sentido.

Azul na dormência da alma, branco no silêncio de quem escuta.

A transmutação vira do avesso a pele que se expande em luz. Músculos, nervos se dissolvem na consciência vazia do tempo.

Como língua de fogo frio, a surpresa esconde o medo que chega feito estrangeiro. Solto na realidade de ser acordado.

Não saber o osso que tropeça o verbo mantém a cabeça alta acima das copas.

Longe do que fica mesquinho, os sonhos deslizam por filamentos de energia.

E, nesse momento de distorção, o foco te apanha, transformando em loucura a tua lucidez.

Uma janela aberta é uma parte do mundo.
Na visão trago cada uma delas em que me debrucei.
A distância entre os lugares fica encurtada pela ilusão partida do espaço.
Os mares, as terras, construções, flores, jardins não medem mais que uma fração".

Cada vez que a forma se dispersava, Matheus recorria ao jogo antigo.

Era a primeira vez que escrevia sem cabresto ou teoria, pelo puro prazer de associar. Entender as manobras do tempo demora muito a chegar. Não é coisa que se traduza em palavras, vai por conta da percepção. Sutil e persistente.

O agora já não trazia Lavínia para perto. Não pelo menos por um impulso seu de telefonar ou ir até lá.

Havia o se haver consigo e com seu texto e seu contexto de enormes lacunas. Matheus só percebeu a passagem do dia quando o vizinho bateu novamente na porta, já com os papéis embaixo do braço.

— Olá, amigo! Trouxe-lhe os deuses, professor! A mitologia... Não é pouca coisa — disse o homem, fazendo simpatia.

— Nem me diga uma coisa dessa! É ouro... puro... o que seria de nós sem a boa vontade deles?

Pegou o envelope encorpado pelo volume dos artigos e ao mesmo tempo pensou que teria um bom montante de trabalho.

— Não tem pressa, visto que o assunto é curiosidade minha.

— Está certo. Vou devolvendo por partes de acordo com o ritmo da tradução.

Lavínia, o terreno alugado pelo fio da palavra, os objetos insólitos guardados a céu aberto, a portuguesa envolta em luto chamada Emília, o menino, o pai, a rua Pontal, 48. Uma história que Matheus não sabia mais como se contar.

O envelope pesado de tarefas intacto em cima da mesa provocava um cansaço denso que o professor olhava com distância.

Nada era o tempo.

Matheus foi até a cozinha e esquentou a sopa que ficou na panela.

Colocou o caldo quente num prato fundo e subiu a escada devagar.

Sentou na banqueta em frente à janela e sorveu a colher sem fome que lhe desse prazer ou conforto.

A rua quieta e a alma vazia. O tempo lívido margeado. E a sensação de que a morte é um resto.

©2024, Teresa Tavares de Miranda

Todos os direitos desta edição reservados à
Laranja Original Editora e Produtora Eireli

1ª reimpressão, 2024

Edição **Germana Zanettini e Jayme Serva**
Projeto gráfico **Arquivo [Hannah Uesugi e Pedro Botton]**
Imagem da capa **Pedro Botton**
Foto da autora **Gil Ferreira**
Produção executiva **Bruna Lima**

**LARANJA ORIGINAL EDITORA
E PRODUTORA EIRELI**
R. Isabel de Castela 126 Vila Madalena
CEP 05445 010 São Paulo SP
contato@laranjaoriginal.com.br
@laranjaoriginal
laranjaoriginal.com.br

Dados Internacionais de Catalogação na Publicação (CIP)
(Câmara Brasileira do Livro, SP, Brasil)

Miranda, Teresa Tavares de [1957-]
No meio do livro / Teresa Tavares de Miranda — 1. ed. — São Paulo: Editora Laranja Original, 2024 — (Coleção Prosa de Cor; v. 18)

ISBN 978-85-92875-84-8

1. Ficção brasileira   I. Título   II. Série

24-221791   CDD-B869.3

Índices para catálogo sistemático:
1. Ficção: Literatura brasileira B869.3

Cibele Maria Dias — Bibliotecária — CRB 8/9427

COLEÇÃO **PROSA DE COR**

Flores de beira de estrada
Marcelo Soriano

A passagem invisível
Chico Lopes

Sete relatos enredados na cidade do Recife
José Alfredo Santos Abrão

Aboio — Oito contos e uma novela
João Meirelles Filho

À flor da pele
Krishnamurti Góes dos Anjos

Liame
Cláudio Furtado

A ponte no nevoeiro
Chico Lopes

Terra dividida
Eltânia André

Café-teatro
Ian Uviedo

Insensatez
Cláudio Furtado

Diário dos mundos
Letícia Soares & Eltânia André

O acorde insensível de Deus
Edmar Monteiro Filho

Cães noturnos
Ivan Nery Cardoso

Encontrados
Leonor Cione

Museu de Arte Efêmera
Eduardo A. A. Almeida

Uma outra história
Maria Helena Pugliesi

A morte não erra o endereço
Plínio Junqueira Smith

No meio do livro
Teresa Tavares de Miranda

Rapiarium
Régis Mikail

Fonte **Tiempos**
Papel **Pólen Bold 90 g/m²**
Impressão **Infinity**
Tiragem **70**